Esposados

La Marasalvatrucha, El Monseñor
Romero y La Redención

Anne Licata-Solaas

Lemon Tree Press

Contents

Chapter One

El Centro de la Reforma

San Salvador, El Salvador, 13 de enero, 4:00 p.m.

¡Javier! ¿ya llegaron los libros de inglés?

Sebastián limpia el sudor de su frente. Está sentado en su escritorio en la oficina del Centro de la Reforma. Tiene cinco ventanas abiertas en la computadora y siete archivos abiertos en el escritorio, el peso del mundo sobre sus hombros. Mira su reloj. Son las cuatro en punto. Ya es hora de salir para el aeropuerto para recoger a la nueva interna, Celina Solís, que viene de los Estados Unidos.

—¡Javier! ¡Ven! — exclama Sebastián. Las órdenes eran su lenguaje.

Sebastián, un hombre maduro, tiene los brazos cubiertos de tatuajes. Lleva una corbata y camisa blanca. Se incorpora y se sirve otro café para el camino. Recoge las llaves y sale de la oficina. Javier se topa con él. El café se derrama por toda la camisa.

—Perdón Sr. Sebastián. Voy por una toalla—dice Javier, y sale.

—¡Púchica! ¡Fíjate por dónde vas! —gime Sebastián.

Cuando Javier regresa con la toalla, Sebastián ya ha compuesto su expresión. Se limpia meticulosamente, con movimientos precisos y controlados. Sus dedos, sin embargo, tienen un ligero temblor que contradice su calma.

—¿Ya llegaron los libros de inglés? Celina llega hoy —su tono es normal, pero hay anticipación mezclada con temor en sus ojos.

—Sí, señor —dice Javier.

—Déjalos en el aula —responde Sebastián, ajustándose la corbata con exagerada atención.

El padre Roberto se asoma de la oficina al lado de Sebastián y luego camina hacia la puerta. —¿Ya llegaron los fondos de la chica Celina?

—No llegaron, pero la iglesia los manda en bitcoin. La niña tiene el código. No tengo tiempo para charlar. Me voy.

—Sebastián, tenemos que decidir sobre los arreglos estructurales del centro —responde el padre—. La constructora necesita saber hoy si aceptamos su presupuesto para las reparaciones.

—No tengo tiempo. Voy al aeropuerto.

—Si no respondemos hoy, perderán el espacio en su calendario. Tendríamos que esperar hasta después de la temporada de lluvias para iniciar las obras. Tres meses más con el techo goteando.

—Padre, luego hablamos. Todavía no tenemos el dinero y yo no tengo tiempo —Sebastián se detiene frente a la puerta.

—Pero me llaman a las cinco para confirmar el contrato. Sin una respuesta, tendrán que asignar su equipo a otro proyecto —insiste el padre Roberto—. El edificio no aguantará otro invierno sin reparaciones.

—¿Sabes qué? Diles lo que quieras.

En la mesita de la entrada hay un periódico. Los titulares dicen:

OTRO CUERPO DESCUBIERTO EN LAS AFUERAS

—¿Todos los muchachos vinieron hoy? — le pregunta Sebastián.

—Faltan otros dos, Tomás y Héctor. Nadie sabe dónde están —contesta el padre–. Pero trabajaron hasta tarde anoche. Y esta mañana, la puerta estaba sin llave otra vez.

Últimamente se encuentran cadáveres anónimos en San Salvador, y entre ellos, los cadáveres de unos muchachos que trabajan en el Centro de la Reforma. Además de la carga de los muchachos del centro, el padre Roberto le ha asegurado a La Universidad Nueva de Los Ángeles, la universidad de Celina, que ella estará segura durante su pasantía. Sebastián, como encargado del centro, es el responsable.

Cuando el padre Roberto entrevistó a Celina para la pasantía, él mencionó que ellos necesitaban fondos para comprar una máquina que quitatatuajes y para hacer unas reparaciones en el centro. Celina compartió la necesidad con sus padres. Sus padres se animaron e hicieron una campaña en la iglesia para juntar fondos para el centro. Aunque Sebastián no quería la molestia de una interna, se animó cuando supo que dinero acompañaba a Celina.

El muchacho Javier se acerca otra vez a Sebastián, llamando su atención.

—Javier, ¿qué quieres? Estoy apurado. —Sebastián se toca la sien.

—Sí, es que tengo una pregunta sobre...

—No. No tengo tiempo. Pregúntale al padre.

Sebastián intenta abrir la puerta y el mango se sale de ella.

—Este edificio se está cayendo a pedazos. —Dándole el mango a Javier, le dice—:

Repárala antes de que yo llegue. Y los problemas de la plomería también. ¿Ya arreglaste los problemas con los cables?

—Estoy trabajando en ellos.

—¿Por qué me grita? —pregunta Javier—. Usted siempre está enojado. Y apurado.

—No te grito. Ni estoy enojado. No comprendes la responsabilidad que llevo aquí.

—Todos tenemos nuestras presiones —dice Javier.

—Nadie te forza a permanecer aquí. Ustedes no comprenden la presión que tengo. Vuelve al trabajo.

Sebastián se va. Javier sacude la cabeza.

El padre Roberto suspira. —Tiene buenas intenciones. Uno nunca sabe lo que pasa dentro de los demás.

—Puede ser —comienza Javier, sacudiendo la cabeza—, pero no tiene que levantarnos la voz. Aquí nadie es sordo.

Chapter Two

En el aeropuerto

13 de enero, 5:00 p.m.

Sebastián va retrasado al aeropuerto. Conduce como si escapara. De qué, nadie lo sabe. Tal vez de sí mismo. Toca la bocina, excede la velocidad, grita a los otros conductores. *Tantas cosas que hacer y tan poco tiempo. Y ahora, encima de todo, soy responsable de esta americana. ¿Por qué no consiguieron a una persona ya graduada, con experiencia, un profesor profesional, maduro, que podría tomar el control de este programa de enseñanza? No una niña joven sin diploma, sin experiencia, sin la madurez. Una responsabilidad más.*

Celina Solís baja del avión. Tiene veintiún años. Casi siempre usa ropa casual, unos jeans, una sudadera y unos tenis. No le importa el maquillaje ni la moda como sus amigas. Mientras espera la llegada del señor Sebastián, observa sus alrededores. Desde las ventanas, Celina contempla las áreas verdes y palmeras. Se oye música tropical. ¿Es salsa? ¿O cumbia? El aroma del café le atrae. Huele bien. Se sorprende viendo a un viajero pagando con dólares americanos. Sabe que usan bitcoin, pero no sabía que usan dólares también. Pero tiene que admitir que es hermoso —verde y tropical. No es lo que quería para su pasantía. San Salvador no es Barcelona.

Por fin Sebastián llega al aeropuerto. Manda un texto a Celina: Estoy afuera.

Recibe un texto: "¿Es Sebastián? ¿Afuera de reclamo de equipajes?"

Sebastián gruñe. Escribe: "Por supuesto." Piensa: *¿Dónde más?*

Otro texto de Celina: "No lo veo. ¿Cómo es su carro? Llevo una sudadera que dice 'Los Ángeles'."

Sebastián ve a la chica por el espejo retrovisor y toca la bocina. Ella da un salto y se acerca al carro.

—Hola. ¿Señor Marín? Soy Celina. —Aliviada, Celina extiende su mano hacia Sebastián.

Sebastián abre la puerta del carro. Toma la maleta e ignora la mano.

—Deja tu equipaje y sube. Pierde el equilibrio y Celina nota que en vez de la pierna izquierda tiene una prótesis. Cuando Sebastián sube al carro, dice: —Vamos a casa.

Celina le pregunta a Sebastián sobre el país, su familia, y el centro, pero Sebastián solo contesta con "sí" o "no" o un gruñido. Después de varios intentos, Celina deja de preguntar y se queda quieta, incómoda, tocando nerviosamente su collar que tiene una cruz dorada. El paisaje verdeante la distrae de él.

~∿~

Mientras tanto, en otra parte de la ciudad, Sergio Luna desempaca su maleta en un pequeño apartamento. Hace apenas una semana, salió del Centro de Detención Metropolitano de Los Ángeles después de treinta años. Su brazo, donde una enorme cobra tatuada parece moverse con cada movimiento, todavía siente el recuerdo de las esposas.

Coloca sobre la mesa una fotografía vieja y arrugada: Sebastián Marín, más joven, junto a una bella mujer. Con un marcador rojo, tacha el rostro de Sebastián y sonríe.

—Por fin, vamos a arreglar cuentas —murmura, mientras planea su siguiente movimiento en el juego que ha imaginado durante tres décadas. —Nunca pensé que llegaría este momento. «Buena suerte», le había dicho el guardia. Sergio Luna sonríe levemente. Treinta años esperando este momento.

— No necesito suerte. Necesito justicia.

Chapter Three

La casa de los Marín

13 de enero, 6:00 p.m.

Cuando llegan a la casa de los Marín, los nietos de Sebastián corren a recibirlos.

—¡Buenas tardes, abuelo!

Sebastián apenas les sonríe antes de señalar una habitación a Celina:

—Es tuya —dice secamente, dejando las maletas y marchándose sin más.

Celina observa su cuarto sencillo pero acogedor, preguntándose qué hacer ahora, cuando Lucía Ruíz Marín, abogada de derechos humanos y esposa de Sebastián, entra con una cálida sonrisa.

—¡Bienvenida a tu casa, Celina! Soy Lucía —le toma de la mano—. Ven, te presento a mis nietos.

En la sala, Celina conoce a Sofía de ocho años, a Óscar de seis y a Teófilo de cuatro, quien no suelta su camión rojo de juguete. Un perrito blanco se une a la escena.

—Este chucho se llama Chispa —explica Lucía mientras Celina se agacha para acariciarlo.

—Extraño a mi Maddie —murmura Celina, sintiendo por primera vez algo de familiaridad.

Mientras prepara pupusas en la cocina, Lucía le pregunta sobre su pasantía. Ella le explica su situación: estudiante de Estudios Globales que esperaba ir a Barcelona pero terminó en El Salvador para completar créditos.

Ya en la cena, Sebastián no pierde tiempo para interrogarla.

—¿Por qué quieres trabajar en El Salvador con las maras? Es trabajo difícil.

—Bueno —vacila Celina—, quiero mejorar mi español. La familia de mi madre es de México. No sé nada sobre El Salvador. Me imagino que sería una aventura.

—¿Aventura? —gruñe Sebastián.

—Una aventura conocer un nuevo país.

—¿Y enseñar inglés?

—Necesitaba una pasantía y aquí estoy. Tengo experiencia con la enseñanza del inglés. Y . . . con pandillas, bueno . . . la familia de mi padre es siciliana. Tenemos mafiosos en la familia. Sabemos cómo es tener parientes peligrosos.

—No es lo mismo —responde Sebastián y coloca el tenedor en la mesa—. Trabajar con las maras no es una aventura. Si solo estás aquí para marcar una casilla, puedes empacar tus maletas y volver a tu cómoda casa en EE. UU. Necesitamos a alguien con convicciones, dedicada a lo que hacemos. Esta situación es relativamente segura, pero basta que un muchacho caiga en las tentaciones o que uno se encuentre en el camino de un pandillero vengativo para que cambie rápido. Últimamente, estamos perdiendo chicos. Simplemente desaparecen. Piénsalo bien.

—Sebastián —dice Lucía, apuntando con los labios a los niños—, no seas tan duro. Ella aprenderá.

Después de la cena, se sientan en la sala para comer un postre.

Celina dice: —Disculpe, señor, no intenté ofenderlo. No me tomo esto como un juego. Estoy aquí para aprender y compartir. Tengo que hacer entrevistas y compilar un portafolio. Voy a presentar en una conferencia sobre mi experiencia cuando vuelva. ¿Le puedo hacer una pregunta?

Sebastián levanta los ojos del archivo que lee, con expresión agobiada. La mesa de sala desborda de carpetas apiladas, mientras su computadora muestra varias ventanas abiertas y el teléfono no deja de parpadear con mensajes sin leer.

—¿Una pregunta? —suspira, pasándose la mano por el pelo despeinado mientras señala con un gesto las montañas de documentos que lo rodean—. Mira que tengo trabajo hasta el cuello.

—¿Cuáles son los objetivos del centro?

—Ofrecemos a los miembros la oportunidad de comenzar su vida de nuevo mediante dos objetivos. Uno es borrar sus tatuajes. Si no, estarán marcados por su historia el resto de sus días. Yo mismo espero borrar mis tatuajes.

—¿Me puede contar su propia historia?

—No hablo de mi pasado.

Lucía cambia el tema.

—Celina, ¿cómo recaudó tu iglesia los cincuenta mil dólares?

—Lavamos carros, hicimos comidas y rifas, jugamos lotería —Celina toca la cruz en su pecho y se dirige a Sebastián—. ¿Cuál es el segundo objetivo?

—El segundo es enseñarles inglés estándar y destrezas prácticas para dar clases. Muchas miembros de las maras vivieron en Los Ángeles, donde se originó el MS-13. Saben bastante inglés. Con la importancia del turismo aquí, necesitan aprender bien un inglés más culto. El instituto que vamos a establecer será importante. ¿Dices que tienes experiencia enseñando inglés? Sos muy joven.

—Fui a Ucrania con mi iglesia hace dos años para enseñar inglés. Además, trabajo como voluntaria, enseñando inglés a inmigrantes en Los Ángeles. Tengo materiales y técnicas para enseñar. Mi madre es profesora y me ha dado muchas ideas y juegos.

—¡Qué chivo! —dice Lucía.

—¿Chivo?

—Así decimos aquí *¡Qué bien!*

Sebastián mira su reloj. —Tengo que volver a la oficina. Tengo mucho papeleo.

—¿Otra vez? Siempre estás trabajando. Los niños apenas te ven —Lucía frunce el ceño.

—Así es mi trabajo.

—Celina, ¿te interesa asistir a la iglesia con nosotros mañana? —pregunta Lucía.

—Ya, ya, ya, no comiences —Sebastián se levanta—. Siempre tienes que meter tus ideas sobre la iglesia. Déjame tener una conversación sin mencionar la iglesia.

Recoge su maletín y se va, cerrando la puerta sin despedirse.

—¿Dije algo malo? —pregunta Celina.

—No, hija. Antes, Sebastián iba a la iglesia, pero ahora no tiene nada que ver con ella. Es un tema delicado.

—Sebastián parece muy estresado.

—Sí, es una persona muy agobiada.

Esa noche, Celina reflexiona sobre todo lo que ha aprendido. Mañana comenzará oficialmente su trabajo en el centro.

Chapter Four

Solita

13 enero, 9:00 p.m.

Celina cierra la puerta de su habitación y se deja caer en la cama. Las lágrimas que ha contenido todo el día finalmente corren libres. Abre su celular y mira las fotos de sus amigas en Instagram: Megan, Taylor y Jimena, todas sonriendo desde una terraza en Barcelona, copas de sangría en mano, la Sagrada Familia brillando en el fondo: Primer día de pasantía en Market Global! ¡Y nos pagan por esto! #blessed #Barcelona #dreamjob

Seca sus lágrimas y llama a su hermana Johanna por videollamada.

—¡Celina! —la cara sonriente de su hermana aparece en la pantalla—. ¿Cómo es El Salvador? ¿Tan exótico como esperabas?

—Es una pesadilla —susurra Celina—. Todo es horrible. Mi supervisor me odia. No tengo ninguna amiga. Vivo con una familia que apenas conozco y voy a trabajar con ex-pandilleros. Ex-pandilleros, Johanna.

—Suena . . . interesante —responde su hermana, incómoda.

—Interesante sería Barcelona. Esto es un desastre. Debo estar con mis amigos. Tenía la entrevista perfecta con EuroJob. La supervisora me dijo que era ideal para el puesto.

—Y luego contrataron a la sobrina de la directora —completa Johanna.

—Exacto. Y ahora estoy aquí, en medio de la nada, cuando podría estar aprendiendo marketing internacional, ganando dinero, conociendo a gente importante.

Johanna toma un sorbo de su bebida. —Puedes cambiarte, ¿no? Buscar otra pasantía.

Celina niega con la cabeza. —Ya es tarde. Necesito completar esto para graduarme. Mi consejera dice que no tengo alternativa.

—Cinco meses pasan rápido —dice Johanna, no muy convencida—. Vas a aprender mucho. Todo pasa por algo.

—¿Aprender? Ya sé enseñar inglés. Aquí estoy, tambaleándome, sin idea de qué quiero hacer con mi vida.

—A veces tenemos que tambalear para poder encontrar nuestro equilibrio. Participa, aprende y deja que las cosas se desarrollen naturalmente.

Abre la aplicación Tiempo en su celular que cuenta los días para eventos importantes. Se la muestra a Johanna por la cámara: Días restantes en el purgatorio: 152.

—Sobreviviré. Apenas. Pero cuando regrese, todo habrá cambiado. Mis amigos tendrán carreras establecidas, contactos, experiencia real. Y yo tendré historias sobre enseñar inglés a excriminales.

Afuera, oye a Sebastián gritar a los niños. Su voz es dura, impaciente.

—Debo irme —dice, bajando la voz—. No quiero despertar al ogro.

Chapter Five

La Catedral

14 de enero

En la mañana, Sebastián está sentado en la sala, trabajando en el portátil y mirando un partido de fútbol en la tele.

—¿Lista para la iglesia? —le pregunta Lucía a Celina.

—Lista— dice Celina.

Lucía reúne a los tres chicos, le da un beso a Sebastián y ellos salen caminando por el barrio hacia la iglesia.

—Te va a gustar—comienza Lucía—. Es la Catedral Metropolitana de San Salvador. Tiene una historia rica con el pueblo salvadoreño. Además, fue la parroquia de San Óscar Romero.

—¿*San* Óscar Romero?

—¿No sabes quién es Óscar Romero?

—No. ¿Es un presidente salvadoreño?

—No —se ríe Lucía. —San Óscar Romero fue el arzobispo de la catedral. Fue asesinado hace treinta y cinco años, durante la guerra civil. Es el primer y único santo centroamericano.

—¿Santo? ¿Salvadoreño?

—Después de la misa, te enseñaré su cripta. Hasta el Papa vino a visitarlo. Dos veces.

***

Llegan a la catedral. La fachada refleja la historia de los conflictos del pequeño país. Marcas de balas salpican los muros, un recordatorio de la violencia que consume la ciudad. Las voces de los vendedores flotan a través de la plaza abierta, mezclándose con el bullicio de los automóviles y las campanas de la iglesia.

Una vez termina que termina la misa, la señora Marín y sus nietos dan a Celina un recorrido. La señora Marín señala un monumento elaborado en bronce, rodeado por los cuatro evangelios.

—Aquí está enterrado el arzobispo Romero.

Teófilo agarra el vestido de Lucía. —Abuelita, ¿te esperamos afuera? Quiero jugar a los camiones con Alfredo.

—Esperen aquí frente a la iglesia —dice Lucía a los niños, luego se vuelve hacia Celina—. Aquí conocí a Sebastián. El arzobispo nos presentó.

—¿Por qué ya no viene a la iglesia?

—Algo pasó después de la muerte del arzobispo. Cambió completamente. Antes era tranquilo y optimista, ahora no.

—Disculpe, si no es indiscreción, ¿dónde están los padres de los niños?

—Tuvimos una hija, Casandra. Ella y su marido murieron hace tres años por un accidente . . . mordeduras de víboras.

—Mis condolencias. Qué extraño que los dos murieran así.

—Sí, en casa. Es raro porque casi no hay víboras en la capital —Lucía hace una pausa—. Por favor, no lo menciones delante de Sebastián. Si su pasado no era suficiente, perder a Casandra fue un golpe del que nunca se ha recuperado.

—¿Su pasado?

—Sebastián fue niño-soldado. Pisó una mina y así perdió una pierna. El arzobispo Romero lo encontró en el hospital y lo sacó del ejército. Le consiguió trabajo con los Luna, una de Las Catorce familias más poderosas de El Salvador.

—¿Cuándo sucedió?

—En 1977, hace 41 años. Teníamos dieciséis años cuando nos conocimos. El arzobispo murió en 1980. Lo mataron mientras daba la misa. Un francotirador le disparó en el pecho —los ojos de Lucía se humedecen—. ¡Uff! ¡Los niños! ¡Vámonos, es hora de comer!

∼∽∼

Cuando llegan a casa, hay una nota de Sebastián en la mesa: Estoy en el centro. Vengo a cenar.

Lucía aprieta levemente los labios y se pone a preparar el almuerzo. Se acuerda de un sobre que le dio Sofía después de la misa.

—¿Quién te dio este sobre? —pregunta Lucía, colocándolo al lado de la nota.

—No sé, un señor frente a la iglesia me dijo que se lo diera a papá —dice Sofía.

Después del almuerzo todos se acuestan para la siesta. Celina, no acostumbrada a acostarse en el día, pregunta a la Señora Marín:

—¿Es seguro caminar por el centro sola? Quiero conocer la ciudad. Quiero encontrar la tienda de boba que vi en el camino del aeropuerto.

—Sí, pero quédate en los lugares públicos y vuelve a casa antes de que se oscurezca. ¿Tu celular ya funciona aquí?

—Sí—dice Celina.

—Dame tu número y mándame un texto para que yo sepa dónde estás.

Lucía le muestra a Celina un mapa del centro, señalando varios lugares de interés mientras le explica su importancia histórica. Celina encuentra un parque que queda cerca, el Parque Cuscatlán. Encuentra la tienda de boba y luego camina al parque.

～ᘐ～

El Parque Cuscatlán se extiende como un oasis verde. Encuentra un muro largo con los nombres de las víctimas de la Guerra Civil.

Mientras lee las inscripciones, siente que alguien la observa. Al girarse, no ve a nadie. Continúa caminando, pero la sensación persiste. Cuando se detiene a tomar una foto, nota el reflejo de un hombre calvo en su pantalla, observándola desde la distancia.

Al voltearse nuevamente, ha desaparecido. Celina recorre el parque, ahora inquieta. Al detenerse junto a una fuente para enviar un mensaje a Lucía, encuentra una pequeña serpiente tallada en piedra sobre el borde. Recién hecha. La piedra aún tiene polvo fresco.

—Un símbolo intrigante, ¿verdad? —dice una voz detrás de ella.

Celina se sobresalta. Un hombre calvo, elegantemente vestido, aparece como si hubiera surgido de la nada.

—Mi nombre es Sergio. Qué lindo nuestro país, ¿verdad?

—Sí —dice Celina. —¿Cómo sabe mi nombre?

—El Salvador es un país muy pequeño. Ud. viene para trabajar en el Centro de la Reforma, ¿verdad?

—Sí . . . —Celina vacila, con el ceño fruncido. —¿Usted conoce a Sebastián?

— Oh, sí. Desde hace muchos años. Ud. es muy joven para venir a nuestro país solita. Me imagino que tu vida en Estados Unidos es muy diferente a la que ves aquí.

Celina siente una gota de sudor rodando por la espalda. Este señor le da carne de gallina. Toca su collar con la cruz nerviosamente. —Con permiso—.

Sale corriendo. Mira a sus alrededores respirando agitadamente y no ve al señor. Le manda un texto a Lucía. No contesta. Manda un texto a Sebastián. Nada. Corre con todo el corazón hacia la casa. No dice nada.

Chapter Six

La pasantía comienza

15 de enero

El lunes por la mañana, después del desayuno, Sebastián abre el sobre que encuentra en la mesa. Dice:

LA SERPIENTE SIEMPRE MUERDE A LOS DESPREVENIDOS, SE-BASTIÁN, Y MI VENENO LLEVA DÉCADAS ESPERANDO. SI NO QUIERES QUE TODOS SEPAN LO QUE REALMENTE LE HICISTE AL PADRE ROMERO, DAME LOS FONDOS DE BITCOIN DE CELINA. LAS SERPIENTES QUE VISITARON A CASANDRA NO LLEGARON POR CA-SUALIDAD Y PUEDEN VOLVER. SÉ DÓNDE VIVES, DÓNDE ESTÁN TUS NIETOS Y DÓNDE DUERME LA AMERICANA. EL TIEMPO CORRE. LA JUSTICIA, COMO EL VENENO, A VECES TARDA EN HACER EFECTO, PERO NUNCA FALLA.

—¿De dónde vino este sobre? —Sebastián pregunta, la carta temblando en la mano.

¿Qué tendrá que ver Casandra con esto?

—No sé. Un señor me lo dio después de misa —dice Sofía.

—¿Quién es? —les pregunta.

—No sé. Un señor de tu edad. Calvo —dice Sofía.

—Si lo ves otra vez, dime. O tu mamá. Pero no le hables ni le aceptes nada —dice Sebastián.

—¿Qué dice la nota? —pregunta Lucía.

—Nada de importancia. Sebastián respira hondamente y mete la nota en el bolsillo. Mirando a Celina, dice —¿Lista? Caminemos, el Centro de Reforma queda cerca de casa.

Sebastián camina muy rápido por La Candelaria, con Celina tratando de mantener su ritmo. Pasan edificios coloniales deteriorados y estructuras modernas construidas lado a lado. Un vendedor ambulante prepara pupusas en una esquina, el aroma de maíz y queso mezclándose con el escape de los vehículos. Murales que representan escenas de la guerra civil cubren algunas paredes, mientras que otras muestran vibrante arte callejero celebrando la esperanza y la renovación. Sebastián explica que, en San Salvador, las lealtades marcan las fronteras entre barrios. Un grafitti, un color o una forma de caminar pueden significar vida o muerte.

Cuando llegan a una esquina, un carro de color rojo brillante los pasa a alta velocidad. Tiene música fuerte. No tiene placas.

Sebastián le grita: —¡Vas a matar a alguien!

Después de adelantarlos otra vez, el carro rojo da la vuelta y echa un vistazo, fijando la vista en Celina y se ríe.

—Señor Marín, él es el mismo hombre que me habló en el parque ayer.

—¿Te habló un señor en el parque? ¿Qué parque?

—Visité el Parque Cuscatlán ayer. Él dijo que era un amigo suyo. Se llama Sergio.

—¿Sergio? No conozco a ningún Sergio. Pero no vayas saliendo solita por aquí.

Cambiando de tema, Celina pregunta, —¿Me cuenta más sobre el trabajo en el centro? Esta semana tengo que entregar un resumen de la pasantía para mi asesora universitaria.

Sebastián se tensa en los hombros—¿Qué quieres saber?

El carro rojo pasa otra vez. En esta ocasión, va mucho más lento, el chofer se inclina hacia Celina, mirándola con intensidad, su cráneo calvo brillando con el sol de la mañana.

Celina frota su collar. Susurra al señor Marín: —Sí, es él. Me da escalofríos. ¿No lo conoces?

—No, pero algo sobre él me resulta familiar. —Luego, grita al desconocido —¿Qué quieres? Lárgate.

El hombre levanta las cejas, levanta la barbilla y le hace un gesto con los labios a Celina. Acelera el auto y desaparece.

Llegan al Centro de Reforma. Es un edificio viejo, que presenta signos de desgaste y deterioro. Hay múltiples grietas y la humedad mancha la fachada. En el umbral, hay un letrero que dice: «*No aspires tener más sino a ser más*».

—Qué bonito lema —comenta Celina.

—Son las palabras del arzobispo Romero.

Cuando entran en el vestíbulo del edificio, Celina nota los techos altos y las grandes ventanas. Sin embargo, el interior está tan deteriorado como el exterior. Hay una oficina pequeña donde un padre, un señor de negocios y dos jóvenes están señalando a la pantalla de una computadora. Ellos vuelven la mirada a Celina y al señor Marín cuando entran. Se ponen serios.

—¡Hola! ¿Vos sos Celina? —el sacerdote extiende la mano—. Yo soy padre Roberto. Te hablé por teléfono.

El padre Roberto tiene más o menos la edad de Sebastián y Lucía, unos cincuenta y tantos años. Es un hombre alto, serio; tiene el pelo gris y un bigote negro. Lleva gruesos lentes negros. Se le acerca, le toma la mano y la cubre con el otro—. Es un placer tenerte aquí.

—¡Igualmente, padre!

—Soy Pedro —un joven sonríe. Lleva las mangas arremangadas, dejando al descubierto los brazos fuertes cubiertos de tatuajes. —Bienvenida a nuestro centro.

El hombre de negocios le extiende la mano a Celina—Y yo soy Cristián Luna. Vengo de vez en cuando como consultor. Mucho gusto. Qué bueno que hayas venido para ayudar —mira su reloj—. Ya me tengo que ir. Tengo una reunión. Con permiso.

—Hasta pronto, señor Luna—dicen todos.

Se va.

—El Señor Luna es un patrono muy importante para el centro. Ayuda con los asuntos legales, consejos de los negocios y también el financiamiento—dice el padre.

¿Luna? ¿No dijo Lucía que los Luna eran de Las Catorce? ¿De las familias más poderosas del país?

Apuntando a otro muchacho, dice padre Roberto —Y él es Javier. Es nuevo. Hace todos los arreglos por aquí y sabe trabajar la máquina quitatatuajes. Tiene muchos conocimientos de tecnología e ingeniería sobre cualquier dispositivo electrónico. Ya sabe mucho inglés.

Aunque Javier le extiende una mano a Celina, no la mira a los ojos. Él tiene un gran tatuaje de una serpiente en el cuello. Tiene la cara cubierta de tatuajes, pero, irónicamente, tiene un aspecto inseguro y tímido.

—¿Arreglaste el mango de la puerta? —pregunta Sebastián.

—Sí, señor —Javier baja los ojos al piso.

—Tengo mucho que hacer. Enséñenle a Celina el centro y su trabajo —dice Sebastián—. Tengo un montón de trabajo. ¿Y falta algún chico hoy?

—Todos están aquí menos Hugo. Llamamos a su casa y nada.

Sebastián agita las manos con frustración. —No comprendo qué pasa con estos chicos. Nunca habían dejado el programa en el pasado.

Padre Roberto mira a Celina nerviosamente— La seguridad debe ser la primera prioridad.

Sebastián había solicitado fondos para un sistema de alarma varias veces, pero las solicitudes siempre fueron rechazadas. Las cámaras de seguridad y el personal de vigilancia estaban fuera de su presupuesto. Por ahora, dependen de cerraduras básicas y la confianza mutua entre los miembros, un sistema que funcionaba hasta hace poco. Pero con las recientes desapariciones, esta confianza no parece funcionar.

—Cuando tengamos más fondos, lo primero será instalar un sistema de seguridad apropiado—dice Sebastián. —Apúrense con el tour. Celina comenzará sus clases a la una y media—. Sebastián entra en su oficina y el padre Roberto y Pedro acompañan a Celina hacia el taller, al fondo del edificio.

—Primero, con los fondos que envió tu iglesia, compraremos la máquina láser para quitar tatuajes. Explícale la importancia de quitar los tatuajes, Pedro—dice el padre Roberto.

— Cada tatuaje cuenta mi historia, representando la afiliación con mi pandilla: nombres, fechas y asesinatos—comienza Pedro, mostrándole sus brazos tatuados a Celina—. No son simples dibujos. Son símbolos de la MS-13, los cuernos del diablo y otros que marcaron mi vida en las pandillas.

—Antes todos nos tatuábamos la cara para mostrar compromiso total. Ahora muchas pandillas lo evitan para pasar desapercibidos ante las autoridades, aunque algunos aún lo hacen por lealtad o para intimidar. — Su expresión se vuelve solemne. —Estos tatuajes cuentan mi historia: cuántos asesinatos cometí, a qué pandilla pertenecía. Con estas marcas es imposible comenzar de nuevo. Cuando me los quiten, podré caminar sin que nadie sepa mi pasado. Por fin tendré oportunidad de reintegrarme a la sociedad.

Mira a Celina con asombro. —¿De verdad tu iglesia donó cincuenta mil dólares para hacer esto posible?

—Sí, la gente de mi iglesia fue muy generosa—Celina toca otra vez el collar.

—Como puedes ver, este edificio se está desmoronando. Después de comprar la máquina, usaremos el resto del dinero para arreglar el centro.

Chapter Seven

El Centro de Reforma

15 de enero

Cuando entran en el vestíbulo del edificio, Celina nota los techos altos y las grandes ventanas. Sin embargo, el interior está tan deteriorado como el exterior. Hay una oficina pequeña donde un padre, un señor de negocios y dos jóvenes están apuntando a la pantalla de una computadora. Ellos vuelven la mirada a Celina y al señor Marín cuando entran. Se ponen serios.

—¡Hola! ¿Vos sos Celina? —el sacerdote extiende la mano—. Yo soy padre Roberto. Te hablé por teléfono.

El padre Roberto tiene más o menos la edad de Sebastián y Lucía, unos cincuenta y tantos años. Es un hombre alto, serio; tiene el pelo gris y un bigote negro. Lleva gruesos lentes negros. Se le acerca, le toma la mano y la cubre con la otra—. Es un placer tenerte aquí.

—¡Igualmente, padre!

—Soy Pedro —un joven sonríe. Lleva las mangas arremangadas, descubriendo los brazos fuertes cubiertos de tatuajes. —Bienvenida a nuestro centro.

El hombre de negocios le extiende la mano a Celina—Y yo soy Cristián Luna. Vengo de vez en cuando como consultor. Mucho gusto. Qué bueno que hayas venido para ayudar —mira su reloj—. Ya me tengo que ir. Tengo una reunión. Con permiso.

—Hasta pronto, señor Luna—dicen todos.

Se va.

—El Señor Luna es un patrono muy importante para el centro. Ayuda con los asuntos legales, asesoría empresarial y también los fondos—dice el padre.

¿Luna? ¿No dijo Lucía que los Luna eran de Las Catorce? ¿De las familias más poderosas del país?

Apuntando a otro muchacho, dice el padre Roberto —Y él es Javier. Es nuevo. Hace todos los arreglos por aquí y sabe trabajar la máquina quitatatuajes. Tiene muchos conocimientos de tecnología e ingeniería sobre cualquier dispositivo electrónico. Ya sabe mucho inglés.

Aunque Javier le extiende una mano a Celina, no la mira a los ojos. Él tiene un gran tatuaje de una serpiente en el cuello. Tiene la cara cubierta de tatuajes, pero, irónicamente, tiene un aspecto inseguro y tímido.

—¿Arreglaste el mango de la puerta? —pregunta Sebastián.

—Sí, señor —Javier baja los ojos hacia el piso.

—Tengo mucho que hacer. Enséñenle a Celina el centro y su trabajo —dice Sebastián—. Tengo un montón de trabajo. ¿Y falta algún chico hoy?

—Todos están aquí menos Hugo. Llamamos a su casa y nada.

Sebastián agita las manos con frustración. —No comprendo qué pasa con estos chicos. En el pasado nunca habían dejado el programa.

Padre Roberto echa un vistazo a Celina nerviosamente— La seguridad debe ser primera prioridad.

Sebastián había solicitado fondos para un sistema de alarma varias veces, pero las solicitudes siempre fueron rechazadas. Las cámaras de seguridad y el personal de vigilancia estaban fuera de su presupuesto. Por ahora, dependen de cerraduras básicas y la confianza mutua entre los miembros, un sistema que funcionaba hasta hace poco. Pero con las recientes desapariciones, esta confianza no parece funcionar.

—Cuando tengamos más fondos, lo primero será instalar un sistema de seguridad apropiado—dice Sebastián. —Apúrense con el tour. Celina comenzará sus clases a la una y media—. Sebastián entra en su oficina y el padre Roberto y Pedro acompañan a Celina hacia el taller, al fondo del edificio.

—Primero, con los fondos que mandó tu iglesia, compraremos la máquina láser para quitar tatuajes. Explícale la importancia de quitar los tatuajes, Pedro—dice el padre Roberto.

— Cada tatuaje cuenta nuestra historia, representan la afiliación con nuestra pandilla, nombres, fechas y asesinatos—comienza Pedro, mostrándole sus brazos tatuados a Celina—. No son simples dibujos.

Son símbolos de la MS-13, los cuernos del diablo y otros que marcan nuestra vida en las pandillas.

—Antes todos nos tatuábamos la cara para mostrar compromiso total. Ahora muchas pandillas lo evitan para pasar desapercibidos ante las autoridades, aunque algunos aún lo hacen por lealtad o para intimidar. — Su expresión se vuelve solemne. —Estos tatuajes cuentan mi historia: cuántos asesinatos cometí, a qué pandilla pertenecía. Con estas marcas es imposible comenzar de nuevo. Cuando me los quiten, podré caminar sin que nadie sepa mi pasado. Por fin tendré oportunidad de reintegrarme a la sociedad.

Mira a Celina con asombro. —¿De verdad tu iglesia donó cincuenta mil dólares para hacer esto posible?

—Sí, la gente de mi iglesia fue muy generosa—Celina toca otra vez el collar.

—Como puedes ver, este edificio se está desmoronando. Después de comprar la máquina, usaremos el resto del dinero para arreglar el centro.

Chapter Eight

La inquietud de Javier

15 de enero

¡Ven! Te mostraré cómo funciona realmente el centro —dice Pedro, guiando a Celina hacia el área principal.

En una gran sala, varios jóvenes trabajan clasificando ropa. Sus movimientos son precisos, coordinados, como una danza.

—¿De dónde viene toda esta ropa? —pregunta Celina, sorprendida por el volumen.

—Donaciones —responde Pedro, saludando a los muchachos—. La lavamos, reparamos, y vendemos a pequeñas tiendas. Lo que algunos desechan, otros lo valoran como tesoros.

Miguel, un joven con el rostro parcialmente cubierto de tatuajes ya desvanecidos, se acerca con una camisa elegante.

—Ésta la arreglé yo —dice con orgullo—. Tenía un agujero aquí —señala una costura casi invisible—. Aprendí a coser en la cárcel.

—Impresionante —admira Celina—. ¿Y esto funciona como negocio?

—No solo como negocio —interviene el padre Roberto, quien carga una caja de herramientas—. Como terapia.

Señala a dos jóvenes que clasifican ropa juntos.

—Ernesto era de MS-13. Carlos, del Barrio 18 —explica en voz baja—. Afuera, serían enemigos mortales. Aquí, aprenden que tienen más en común que diferencias.

Una máquina hace un ruido extraño y se detiene. Javier, que pasa cerca, inmediatamente se acerca a examinarla.

—Estuvimos semanas sin electricidad hasta que Javier se unió a nosotros —comenta Pedro—. Tiene un don para arreglar cosas rotas.

—¿Te interesa un café? —pregunta padre Roberto a Celina, señalando una pequeña cocina—. Allí es donde ocurre lo más importante.

En la cocina, unos jóvenes preparan el almuerzo juntos. Ríen y comparten historias.

—Cada mediodía, uno comparte su testimonio —explica el padre—. No solo lo que hicieron, sino por qué lo hicieron. Es el momento más delicado del día.

—Y el más poderoso —añade Pedro—. Porque aquí aprenden que no son sus errores. Son mucho más que eso.

—Te muestro las aulas —dice Pedro, señalando con un movimiento de labios hacia dos salones con pupitres y pizarrones.

—¿Por qué señalas así con los labios? —pregunta Celina—. *Como el hombre del coche.*

—¿Así? —Pedro parece confundido.

Celina lo imita y ambos ríen.

—Es como señalamos aquí. Ustedes usan el dedo—. Pedro apunta y se ríe.

—El boom turístico de Costa Rica y Panamá pronto llegará aquí —continúa el padre—. Los turistas buscan experiencias auténticas, lugares menos saturados.

—Nuestra tierra tiene potencial para todo tipo de turismo —añade Pedro—. Por eso necesitamos guías que hablen bien inglés. Muchos de nuestros jóvenes vivieron en Los Ángeles y tienen nociones básicas, pero necesitan mejorarlas o aprender a enseñar el inglés. Gracias a una beca del gobierno que conseguimos a través de Cristián Luna y la señora Lucía, podemos apoyarlos.

—Aquí darás tus clases de inglés —interviene el padre Roberto—. ¿De verdad enseñaste en Ucrania?

—Sí, y también como voluntaria en Los Ángeles.

—¡Padre Roberto! ¡Ven! —La voz de Sebastián resuena desde otra habitación.

—Tengo que irme. Aquí están los libros de inglés que conseguimos. Comienzas a enseñar esta tarde. A la una. Cualquier pregunta, aquí estoy— dice padre Roberto.

Celina revisa los gabinetes y las gavetas, pero no encuentra recursos. No hay computadora en la clase. No hay pantalla ni proyector para proyectar sus lecciones. Hay unas cajas con objetos de plástico y unas tarjetas, pero nada de tecnología. Celina se siente como si estuviera yendo hacia atrás. Piensa en su madre, que siempre ayudaba a sus alumnos con paciencia, siempre se animaba cuando los alumnos tenían éxito.

Se dirige a preguntar a Sebastián sobre los recursos para la clase, pero luego se oye la voz de Sebastián gritando a los muchachos. Dos veces toca su puerta, pero él grita que no le interrumpa. Celina no comprende cómo una persona tan integrada en un trabajo de filantropía puede ser tan inaccesible. Suspira y pasa el resto de la mañana organizando y modificando sus materiales y lecciones para dar las clases sin computadora. Distraída, frota su cruz. Se enfocará en el diploma que esta pasantía le permitirá obtener.

～ひ～

A las doce, padre Roberto va a su aula. —Es mediodía, Celina. Hora de almorzar y descansar. Casi todos se quedan para comer aquí en el centro.

—Tengo hambre.

—Javier es el más nuevo. Él comparte su historia hoy.

Cuando entran a la sala, los cocineros llevan grandes ollas a las largas mesas donde momentos antes clasificaban la ropa. Los hombres se ponen en fila para servirse sopa de pata. Se sientan para comer y descansar con sus compañeros. Pedro se para delante de todos.

—Llegó la nueva pasante, Celina Solís. Viene de Los Ángeles. Ella organizó la campaña de recaudación de fondos para la máquina quita-tatuajes y las reparaciones del edificio. Va a enseñar inglés y los métodos de enseñanza. ¿Quieres decir algo, Celina?

La joven se sorprende por la invitación. —Hola. Mucho gusto. Gracias por la oportunidad de estar aquí.

Celina se sienta. Los muchachos la saludan y le sonríen, aunque algunos tímidos, intimidados, como Javier, no le dicen nada ni la miran.

—Gracias, Celina. Ahora, la historia de Javier. Adelante —continúa Pedro.

Javier pasa al podio para relatar su historia. Temblando, saca las notas del bolsillo. Sus ojos recorren nerviosamente el salón. Abre la boca y la cierra.

—Hola, mi nombre es Javier López Flores. Mi historia comenzó en Chalchuapa, un pueblito a las afueras de San Salvador donde las fronteras de los barrios están marcadas con muros coronados por vidrios rotos.

Mientras Javier habla, sus dedos tocan repetidamente el tatuaje de serpiente en su codo, un gesto inconsciente que Celina nota, pero no comprende todavía.

—A los siete años, los pandilleros del barrio me ofrecieron marihuana. Eran los más temidos y todos les obedecían. A los diez años me iniciaron en la pandilla. Tuve que aguantar una paliza de trece segundos y después matar a alguien de una pandilla rival. Me ofrecieron mujeres, alcohol y fiestas. Aunque era un niño, me arrancaron toda inocencia. Pero encontré lo que creía era una familia.

—Me enviaron a Los Ángeles para trabajar en el narcotráfico. Allí… . —hace una pausa, traga saliva—allí conocí a alguien que me salvó de la cárcel. Me dio trabajo en su salón de tatuajes. Me enseñó todo sobre el negocio.

Su mano se desliza instintivamente al bolsillo, donde su teléfono vibra. Lo ignora, pero su respiración se acelera.

—Cuando regresé a El Salvador, esa persona también volvió. Pensé que podría empezar de nuevo, pero algunas deudas nunca se pagan completamente.

Sebastián, que ha entrado silenciosamente al fondo de la sala, frunce el ceño ante estas palabras, pero no interrumpe.

Javier continúa su historia, terminando con su encuentro con el padre Roberto. Mientras baja del podio, su teléfono vuelve a vibrar. Lo mira rápidamente, palidece, y lo guarda de inmediato.

Cuando todos aplauden, Javier se sienta, alejado de los demás. Cada palabra de la historia de Javier transforma la percepción de Celina hacia estos jóvenes. Comienza a comprender la profundidad de sus cicatrices invisibles y el valor que requiere intentar una nueva vida. Sus ojos se humedecen y siente que algo ha cambiado dentro de ella.

Una nunca sabe lo que hay dentro de otra persona. Todos estos chicos tienen una historia similar a Javier. Son más fuertes de lo que Celina esperaba. Ella mira los tatuajes de los chicos en la clase. Ve el 18, la MS, las caras y los tatuajes de cada ex-mara. Pero también nota que todos los muchachos tienen una pequeña serpiente en el codo izquierdo, igual a la calcomanía que vio en el carro rojo esta mañana. Celina quiere ayudar con su rehabilitación, pero siente que algo oscuro está escondido en el centro.

Chapter Nine

¿Dónde está Bitcoin?

15 de enero

Celina, padre Roberto, vengan inmediatamente a mi oficina —dice Sebastián, su voz tensa pero controlada.

Cuando llegan, encuentran a Sebastián revisando minuciosamente unos documentos financieros.

—El centro necesita renovaciones urgentes —comienza, señalando fotografías de techos con goteras y paredes agrietadas—. Y cada muchacho aquí está en lista de espera para el procedimiento de eliminación de tatuajes.

Celina asiente, sin comprender aún por qué la ha llamado.

—La máquina que necesitamos cuesta treinta mil dólares —continúa Sebastián, deslizando un catálogo hacia ella—. Con el resto podríamos reparar el edificio o incluso mudarnos a uno más seguro.

—Es una gran oportunidad —añade el padre Roberto—. Cambiaría todo.

—¿El resto? —pregunta Celina.

Sebastián y el padre intercambian miradas.

—De los fondos que recaudaste —responde Sebastián, estudiando su reacción—. El Bitcoin.

—Ah, eso —Celina se acomoda en su asiento—. Mi iglesia mencionó algo sobre transferencias digitales, pero ¿no lo arreglaron directamente con ustedes?

Sebastián cierra los ojos brevemente, conteniendo su frustración.

—Necesitamos la clave de acceso —explica el padre Roberto amablemente—. Sin ella, es como tener un cheque sin firma.

Celina frunce el ceño, procesando la información.

—Puedo preguntarle al pastor Williams si tiene los detalles —ofrece, sacando su teléfono—. Quizás hubo algún malentendido. Me enviaron un PDF con instrucciones, pero con todo el papeleo de la visa y la pasantía . . .

Sebastián mira el reloj. —Ya es hora de comenzar tus clases de inglés. Y tengo una reunión. Pero necesitamos resolver esto cuanto antes. Sin esa máquina, los jóvenes no pueden seguir adelante.

—Antes de comenzar a enseñar, tengo una pregunta. Fui a la clase. No hay ningún recurso. No hay computadora. Ni pantalla. ¿Cómo voy a hacer mis lecciones sin mis diapositivas?

—¿Qué diapositivas? —Sebastián se frota las sienes por el estrés. Abre un cajón, saca una pequeña botella de pastillas, toma una discretamente y la traga sin agua.

—No tenemos recursos —responde finalmente, su voz ronca por el cansancio—. Usamos lo que tenemos. Improvisamos.

Se frota el muslo donde se une a la prótesis, un gesto inconsciente. —Cuando yo era joven, aprendí inglés con un libro y un diccionario viejo. A veces, las limitaciones nos hacen más creativos.

El momento pasa. Sebastián endereza los hombros y vuelve a su expresión habitual.

Padre Roberto interrumpe: —Tengo que irme. Pero, oye, Sebastián, ¿tienes mi pasaporte? Estaba en mi escritorio.

—¿Por qué lo tendría yo?

—No sé, pero no lo puedo encontrar. Siempre está en el cajón de mi escritorio.

Sebastián se encoge de hombros.

— Con permiso—. Padre Roberto se va.

Celina le dice: —Parece que Ud. no me quiere aquí. Desde que yo llegué . . .

Sebastián se incorpora. —Necesito terminar esto —Sebastián señala la pantalla de su computadora—. Puedes cerrar al salir.

Cuando Celina sale, Sebastián saca una foto de su hija del escritorio, mirándola pensativamente. Sebastián aprieta su prótesis hasta que le duele. No. Es mejor mantener el control. Es más seguro hacer todo solo. El precio de confiar es demasiado alto. Sebastián se pone los lentes y se pone a trabajar.

Chapter Ten

La primera clase

15 de enero

Celina acude al aula donde sus estudiantes la esperan para su primera clase de inglés. Cuando llega al salón, ve que Javier está entre los alumnos.

Celina toca el collar nerviosamente y saluda a la clase, —*Good afternoon, students! Welcome to English class!*

Durante la clase, los muchachos se presentan. Javier es muy tímido y no se conecta con los demás. De repente, se corta la luz. Se quedan en la oscuridad.

—Siempre sucede —dice Pedro.

—¿Cuánto tarda en resolverse? —pregunta Celina.

—Depende —dice Javier.

Después de unos quince minutos, Celina cancela el resto de la clase. Los chicos salen pero Celina le dice a Javier:

—¿Me puedes contar más sobre tu historia? Estoy muy interesada. — Cuando Celina se le acerca, se da cuenta de que Javier tiene los ojos rojos.

Entra padre Roberto.

—Javier, ¿puedes arreglar la electricidad? Creo que el agua está goteando en el panel eléctrico. ¿Puedes revisar los cables?

—Claro. Con permiso— Se va Javier.

~

Sebastián cierra la puerta de su oficina y se deja caer en la silla. El retrato de su hija Casandra lo mira desde el escritorio. A su lado, hay otra foto más antigua de él y del padre Romero con la iglesia en el fondo. Sebastián está sentado frente a la computadora, inmóvil. No teclea, no lee, simplemente observa la pantalla con la mirada perdida. Las sombras bajo sus ojos revelan noches sin dormir. Cuando alguien toca a la puerta, él se sobresalta como si despertara de un trance.

—¡Estoy ocupado! —grita, pero el padre Roberto entra de todos modos.

—Necesitas darle una oportunidad a Celina —dice el sacerdote, cerrando la puerta tras él—. No es justo cómo la tratas.

Sebastián se frota la frente. —No la necesitamos. Ni a ella ni a su . . . entusiasmo americano. Cree que puede venir aquí y cambiarlo todo en un día.

—Sebastián . . .

—¡No! —golpea la mesa—. La última vez que dejamos entrar a alguien de fuera, Marcela, ¿recuerdas? Se ganó nuestra confianza y se acercó a los chicos. Y luego vendió información a las pandillas rivales. Casi perdimos a Pedro.

—Celina no es Marcela —dice el sacerdote.

—¿Cómo lo sabemos? —Sebastián señala los expedientes en su escritorio—. Cuatro chicos desaparecidos en tres meses. Y de repente aparece esta muchacha, hablando de dinero, de bitcoin. ¿Coincidencia?

El padre Roberto niega con la cabeza.

—Revisé sus antecedentes. Hablé con sus padres. Es genuina.

—También creímos que Marcela era genuina. —Sebastián mira la foto de su hija—. No puedo arriesgarme. No después de lo que le pasó a Casandra. No puedo perder a nadie más. No confiaré en ella, no puedo.

—El miedo te está convirtiendo en alguien que no sos —dice el padre Roberto suavemente—. El hombre que conocí, al que el padre Romero salvó, creía en las segundas oportunidades.

—Ese hombre murió hace mucho tiempo —responde Sebastián, tocando el retrato de su hija—. Cuando comprendió que confiar en los demás solo trae dolor.

Desafíos inesperados

28 de enero, 7:15 a.m.

El tono de la alarma despierta a Celina. Tres mensajes del pastor Williams parpadean en su pantalla: todos preguntando por el código del bitcoin y la transferencia de fondos.

Con un nudo en el estómago, marca el número de la iglesia.

—Buenos días, Iglesia Comunitaria de Los Ángeles —responde Martha, la secretaria.

—Martha, soy Celina. Llamo por el código del bitcoin.

—¡Celina! El pastor está preocupadísimo. ¿No has confirmado la transferencia?

—Ese es el problema. No encuentro el código.

Un silencio incómodo precede la respuesta. —Querida, el técnico generó una única copia física por seguridad. Te la entregamos en aquel sobre sellado durante tu despedida, ¿recuerdas? *Guárdalo como si fuera efectivo,* te dijo el pastor.

Celina cierra los ojos. Entre tantos abrazos, fotos y regalos de aquella tarde, el sobre se había convertido en uno más de los muchos recuerdos empacados apresuradamente. —Lo busco otra vez.

Una hora después, su habitación es un caos de ropa y papeles. Lucía la encuentra arrodillada entre montañas de documentos.

—¿Qué buscas con tanta urgencia?

—El código del bitcoin —murmura Celina, la desesperación evidente en su voz—. Cincuenta mil dólares que literalmente se han esfumado.

El pastor Williams es directo en su siguiente llamada:

—Lo siento, Celina, pero sin ese código es como si hubieras perdido el dinero en efectivo. No hay respaldo ni forma de recuperarlo.

Johanna, su hermana, sugiere por teléfono:

—¿Tu diario azul? Siempre guardas cosas importantes allí.

El recuerdo golpea a Celina como una revelación.

—¡El diario! Lo empaqué a último momento... —revuelve sus cosas frenéticamente—. No está aquí. Creo que lo dejé en Los Ángeles.

Esa tarde, sentada en la oficina del centro, Celina observa cómo el rostro de Sebastián se endurece mientras le explica la situación. Recibe cada palabra como un cuchillo invisible.

—Entonces —articula él lentamente—, no solo perdiste el código, sino que ni siquiera trajiste el diario donde podría estar.

—Lo siento mucho —responde Celina, el calor subiendo a sus mejillas—. Mi familia ha revisado mis cosas en casa, pero nada.

Sebastián golpea suavemente la mesa, su frustración apenas contenida.

—Los muchachos esperan esa máquina. El edificio se cae a pedazos —señala una grieta en la pared que parece haberse agrandado desde ayer—. ¿Qué les digo? ¿Que perdimos su oportunidad por un descuido?

El padre Roberto interviene con voz conciliadora: —Todos cometemos errores, Sebastián. Encontraremos una solución.

Pero mientras Celina sale de la oficina, la mirada de Sebastián ha cambiado. Ya no es solo irritación o impaciencia. Es desconfianza. Y ese nuevo muro entre ellos duele más que cualquier reproche.

Aquella tarde, caminando a casa, nota las serpientes que parecen multiplicarse a su alrededor: en los tatuajes de los jóvenes, en calcomanías de autos, en grafitis urbanos. Cada una parece advertirle algo que no logra descifrar, un peligro que apenas comienza a vislumbrar.

Chapter Twelve

Barreras que romper

1 de febrero

En medio de tanta incertidumbre, los muchachos se convierten en el único rayo de esperanza para Celina. Durante sus primeras semanas, Celina comete varios errores culturales que hacen reír a sus estudiantes. Confunde *pupusas* con *pupusos* causando carcajadas entre los estudiantes. Cuando alguien le dice *"¡Qué pijudo!"*, Celina piensa que es un insulto, se ofende, hasta que le explican que en El Salvador significa *qué cool*. Los muchachos disfrutan enseñándole el español salvadoreño, y ella aprende a reírse de sí misma. Estos pequeños momentos de humor ayudan a romper las barreras entre ella y sus estudiantes.

Sebastián camina por el pasillo, deteniéndose para ordenar compulsivamente los carteles mal alineados en la pared. Sus movimientos son rápidos, casi frenéticos.

—¿Has visto a Pedro? —pregunta a Celina cuando la encuentra—. Debería estar aquí hace una hora.

—No, señor.

Sebastián consulta su reloj y luego revisa su teléfono, aunque no ha recibido ninguna llamada.

—Vienen a recoger la ropa hoy. Pedro lo tiene que revisar. Llegan en diez minutos —dice, pasándose la mano por el cabello hasta dejarlo despeinado—. Y las cuentas para el banco . . . y los documentos para la alcaldía . . .

De repente, se detiene y saca su libreta. Comienza a escribir, llenando una página entera con listas. Mientras escribe, su respiración se normaliza, y sus hombros descienden ligeramente.

Cuando termina, arranca la página y la divide en varias secciones que entrega a diferentes personas que pasan.

—Tu tarea para hoy —dice a cada uno, su voz ahora tranquila y metódica—. Si tenemos orden, tenemos control.

Guarda la libreta en su bolsillo como un talismán personal contra el caos.

～

Un día, después de la clase, Celina borra la pizarra sorprendida al encontrar a Javier esperando en la puerta. Su timidez habitual parece eclipsada por algo más—nerviosismo, quizás.

—¿Necesitas algo, Javier? —pregunta ella.

Él cambia el peso de un pie a otro. —Solo . . . quería saber si has estado en Los Ángeles recientemente.

—Soy de allí, pero hace unos meses que no estoy por la universidad. ¿Por qué?

—Nada importante. —Sus ojos se dirigen hacia la ventana. Afuera, un auto rojo pasa frente al centro. Todo el cuerpo de Javier se tensa.

—¿Estás bien? — pregunta Celina.

Javier toca el tatuaje de serpiente en su cuello. —Bien. Trabajaba en una tienda de tatuajes en L.A. antes de ser deportado. Me preguntaba si la conocías.

—¿Cuál?

—La Guarida de la Serpiente, en la calle Alvarado— baja la voz. —El dueño, también regresó aquí a El Salvador. Abre tiendas donde hay maras para tatuar.

Antes de que Celina pueda preguntar más, Sebastián aparece en la puerta. —¡Javier! ¡La tubería del baño está goteando otra vez!

Javier se estremece como si lo hubieran golpeado. —Ya voy, señor.

Mientras se va, Celina nota que toca el teléfono en su bolsillo, revisándolo con lo que parece temor en lugar de anticipación.

～

Pedro coloca un cartel en la pared del centro. En letras grandes y coloridas anuncia:

GRAN PARTIDO ANUAL — ¡INSCRÍBETE YA!

—¿Qué es esto? —pregunta Celina, acercándose con curiosidad.

—El evento más importante del año —responde Pedro con una sonrisa—. Nuestro partido de fútbol anual. Todos participan, hasta el padre Roberto. Es tradición.

Javier pasa junto a ellos, mirando el cartel con una intensidad que sorprende a Celina.

—Este año voy a ser capitán —murmura, más para sí mismo que para los demás.

—Primero tienes que ganarte el puesto —responde Pedro—. Sebastián elige a los capitanes basándose en el compromiso y la actitud durante el año.

—Yo juego fútbol —comenta Celina—. En la universidad jugaba con el equipo femenino.

Los dos hombres la miran con expresiones que oscilan entre la sorpresa y la incredulidad.

—Las chicas no juegan —dice Javier, frunciendo el ceño. —Solo miran.

—¿Perdón? —Celina cruza los brazos—. ¿Quién dice . . .?

—Es tradición —explica Pedro, incómodo—. Algunas mujeres del barrio juegan, pero . . .

—Pero yo soy americana—completa Celina.

Sebastián aparece en el pasillo, observando la escena.

—¿Algún problema?

—Quiero jugar en el partido —dice Celina directamente.

Sebastián la mira como si hubiera pedido volar a la luna.

—Este no es lugar para ti. El partido es intenso. Estos chicos juegan duro.

—Puedo manejarlo —insiste Celina.

—Mírate —Sebastián hace un gesto hacia ella—. No durarías ni cinco minutos. Se trata de honor y orgullo, no es un juego de niños.

Javier sonríe con presunción. —Te lastimarías el primer minuto, americana.

Algo en el tono despectivo enciende algo en Celina. —Ponme a prueba. Veamos quién aguanta más.

Sebastián niega con la cabeza. —No voy a ser responsable cuando termines herida. El partido es importante para estos muchachos. Es su momento de demostrar cuánto han progresado, cuánto control tiene ahora. Este no es un espacio para experimentar.

—Entonces, ¿debo quedarme callada en la cocina con las demás mujeres? —pregunta Celina con ironía.

Un silencio incómodo llena el pasillo. Pedro parece querer desvanecerse.

—Este tema está cerrado —sentencia Sebastián—. Ahora, todos a trabajar

Mientras Sebastián se aleja, Celina nota a Javier observándola. Por primera vez, no es con timidez, sino con algo parecido al desdén. Como si hubiera desafiado un orden natural que no debía ser alterado.

—Ya veremos —murmura ella, mirando fijamente el cartel del partido.

Chapter Thirteen

La encrucijada

3 febrero

El Salón de Tatuajes de la Serpiente está casi vacío cuando Hugo y Tomás entran. Solo se oye el zumbido de la máquina de tatuar y música rap a volumen bajo.

Sergio deja la máquina y gira en su silla. —Ah, mis amigos del Centro de la Reforma —sonríe, señalando un bulto de billetes sobre la mesa—. ¿Listos para ganar dinero de verdad?

Hugo mira nerviosamente a Tomás. —No sé, jefe. Sebastián—

—¿Sebastián? —Sergio se ríe. —¿Qué te paga Sebastián por arreglar sus puertas rotas? Nada, ¿verdad?

Tomás da un paso adelante.

—Pero nos está ayudando a cambiar nuestras vidas.

—¿Cambiar? —Sergio saca una bolsa de una sustancia prohibida y cara—. Yo también puedo cambiar sus vidas. Ahora mismo.

Los ojos de Hugo se fijan en el paquete, sus manos temblando ligeramente.

—Solo necesito un pequeño favor —continúa Sergio. —Información sobre el centro. Los horarios de Sebastián. Las rutinas. Cosas simples.

—No debemos —comienza Tomás, pero Sergio lo interrumpe.

—También sé que ustedes tienen familia —su voz se endurece. —Sería una lástima que algo les pasara.

Hugo y Tomás intercambian miradas. El zumbido de la máquina de tatuar llena el silencio.

—Bien —dice finalmente Sergio, empujando la bolsa y el dinero hacia ellos. —Piénsenlo. Pero recuerden: la serpiente siempre muerde.

Los muchachos salen.

Sergio saca un álbum de fotos del escritorio. Mira las fotos antiguas, su dedo trazando la imagen del arzobispo Romero. Su rabia no es solo por Lucía o por Sebastián: es algo más profundo. *Sebastián no solo me robó mi futuro. Él destruyó el honor de mi familia.*

Sus ojos se endurecen. No es solo sobre dinero. Más que todo, es sobre revelar la verdad, sobre mostrarle al mundo quién es realmente Sebastián Marín. Un traidor que había colaborado en el asesinato del hombre que luchaba por los pobres, por la justicia. Monseñor Romero era más que un líder religioso: era la conciencia de El Salvador. Y Sebastián traicionó todo lo que Romero representaba. Todos veneran a Sebastián como un héroe. Nadie sabe la verdad.

Pero yo sí. Y no descanso hasta que todo El Salvador lo sepa.

～∿～

Celina sale tarde del centro. Normalmente camina con Sebastián y el padre Roberto, pero esta vez ellos salieron temprano para una reunión con Cristian Luna. Sebastián le ha advertido que no camine sola después del anochecer, pero Celina perdió la noción del tiempo organizando sus materiales para la clase del día siguiente. Mira su reloj. 7:30. No es tan tarde. Además, conoce el camino.

Dobla en la esquina. La calle está vacía. Extrañamente vacía. Las luces de la calle crean sombras en las paredes de los edificios. Un escalofrío le recorre la espalda. Acelera el paso. Hay pasos detrás de ella. Rápidos. Acercándose. Celina aprieta su bolsa contra el pecho y camina más rápido. Los pasos también aceleran. *No mires atrás. Camina.*

Un silbido corta el aire. Luego una voz: —¡Eh, americana!

Celina no responde. Casi corre ahora. La calle termina en un callejón sin salida.

No, no es posible. Ella conoce el camino. Ha tomado un desvío equivocado. Se detiene. Respira hondo. Tendrá que darse la vuelta.

Tres hombres jóvenes bloquean el camino. Todos con tatuajes similares a los de los chicos del centro, pero estos son frescos. Nuevos. Sus ojos no muestran la calma de quienes buscan redención.

—¿Perdida? —pregunta el más alto con una gran serpiente tatuada en el cuello.

—No —responde Celina, buscando su teléfono en el bolso—. Solo estoy . . .

—¿Buscando esto? —Un segundo hombre sostiene su celular. ¿Cómo lo sacó de su bolso? El hombre tira su teléfono contra la pared. Se echa a pedazos.

—Por favor —Celina mantiene la voz firme. —Trabajo en el Centro de la Reforma. Con Sebastián Marín.

El nombre provoca una reacción. Los hombres intercambian miradas. —¿Con Sebastián? —El tono cambia. —Entonces dale un mensaje. Dile a Sebastián que La Serpiente no olvida. Dile que sabemos lo que hizo.

Celina corre a su casa sin parar. Cierra la puerta con llave. Llora. No sabe qué hacer. Decide no decir nada a nadie.

Al día siguiente va al trabajo como siempre. Cuando Sebastián pregunta por su teléfono, ella miente. Dice que lo perdió en un taxi.

Durante su clase, observa a los estudiantes con más atención. Ahora ve peligros por todas partes. Tiene miedo. Pero también curiosidad. ¿Quién es realmente Sebastián?

Chapter Fourteen

Las heridas que no sanan

8 de febrero

El próximo lunes, una semana más tarde. Celina encuentra a Pedro limpiando un grafiti en la pared exterior del centro. El mural deteriorado muestra figuras con los brazos alzados y la palabra *JUSTICIA* parcialmente visible.

—¿Qué es esto? —Celina le ayuda a recoger los trapos.

Pedro suspira, pasando la mano sobre las imágenes descoloridas. —Mi padre pintó este mural —dice en voz baja—. Durante la guerra civil.

—¿Guerra civil? —Celina se sorprende—. En la universidad no mencionaron nada sobre una guerra civil en El Salvador.

Pedro señala diferentes secciones del mural mientras habla.

—Aquí, los campesinos que se rebelaron contra los militares. Allí, las madres buscando a sus hijos desaparecidos. Y ese —señala una figura con una cruz— es Monseñor Romero.

—El santo que mencionó Lucía —reconoce Celina.

—Exacto. Cuando él hablaba contra las injusticias, todo el país escuchaba —Pedro baja la voz—. El día que lo asesinaron durante misa, mi padre estaba allí. Dijo que algo se rompió en El Salvador ese día.

Celina observa las figuras del mural con nueva comprensión.

—¿Y estas manchas oscuras son parte del diseño?

—No —responde Pedro con amargura—. Marcas de balas. Los escuadrones de la muerte intentaron borrar el mural, igual que intentaron silenciar a quienes pedían justicia.

—¿Y ahora? —pregunta Celina—. La guerra terminó pero llegaron las maras—

—Las maras nacieron en Los Ángeles, no aquí —explica Pedro—. Cuando deportaron a miles de salvadoreños, trajeron consigo la cultura de las pandillas. En un país destruido por la guerra, con familias fragmentadas, encontraron terreno fértil.

Sebastián se acerca cojeando, observando el mural.

—Por eso este centro es tan importante —añade, su voz inusualmente suave—. No solo borramos tatuajes. Intentamos sanar cicatrices mucho más profundas.

Después del trabajo, Sebastián, el padre Roberto y Celina caminan a casa.

—He estado pensando . . . quería compartir algunas ideas—comienza Celina.

Sebastián mira a Celina mientras ella sugiere cambios al programa. Más recursos. Más ayuda. Más atención. Las palabras le provocan un dolor familiar en el pecho.

La última vez que confió en alguien que quería ayudar fue el padre Romero. Y esa confianza terminó en su muerte. Después vinieron otros: políticos prometiendo fondos, organizaciones ofreciendo apoyo . . . todos querían algo a cambio. Todos lo dejaron solo cuando más los necesitaba. Y ahora esta niña americana, tan ingenua, tan privilegiada, pensando que puede arreglar todo.

—El centro funciona perfectamente como está—dice bruscamente. –Lo que nos hace falta es el dinero que nos prometiste.— Mientras las palabras salían de su boca, vio el rostro de su hija Casandra. Ella también quería ayudar en el centro. También tenía grandes ideas. Y ahora . . .

—Pensé que podíamos hacer una campaña para juntar fondos para comprar recursos para mis clases. Una computadora, una pantalla . . .

—¿Quién tiene el dinero para donar a una campaña? La gente aquí apenas come.

—Mi mamá dice que —

—No importa lo que dice tu mamá. Estamos en El Salvador. Las cosas funcionan de manera muy diferente aquí.

La leve sonrisa de Celina se convierte en un ceño fruncido. —Pero ¿cómo voy a —

—Yo tengo años trabajando aquí. Sos una niña sin experiencia. Sos muy ingenua. No comprendes qué es vivir sin privilegio. Tal vez aquí vas a aprender esto.

—¿Privilegio? Yo— dice Celina, interrumpida por lo que está delante de ella. Están pasando frente a un parque. Unos hombres están sentados, charlando. Todos tienen una sola pierna. Hay un cesto frente a ellos con unos dólares en él. Sebastián saca unos dólares del bolsillo y los tira al cesto.

—Privilegio, tal vez. Hay muchas cosas que no comprendo —Celina encoge los hombros.

Un auto con música fuerte se acerca. El conductor calvo los observa fijamente. Celina nota la calcomanía de una serpiente en la ventana trasera, igual que el tatuaje que vio en los jóvenes. Saluda al padre Roberto.

—¿Lo conoces? —pregunta Sebastián.

—Es el dueño del salón de tatuajes. Mala gente —responde el padre.

—¿Cómo se llama?

—Sergio Luna.

Sebastián se queda helado.

—¿De la familia Luna? ¿Su hermano es Cristián Luna?

—Sí. Sergio vivía en Estados Unidos, pero lo deportaron. Allá tenía un salón de tatuajes donde trabajaba con las maras.

—La serpiente que vi en los codos, ¿tiene que ver con él? —pregunta Celina.

—Sí, su salón se llama El Salón de Tatuajes de la Serpiente. Pone la serpiente en el codo como una marca de honor. Su lema es: La serpiente siempre morderá —dice el padre Roberto. —Aquí está mi calle. Nos vemos mañana.

Celina le pregunta a Sebastián:

—¿Cómo conoce Ud. a Sergio Luna?

Sebastián se sienta en la acera, pálido y temblando.

—Trabajé con su familia de joven —responde con voz débil—. ¿Sabes qué? Vamos a casa, necesito descansar.

Chapter Fifteen

Unas pesadillas

8 de febrero

Cuando llegan a su casa, el carro rojo está estacionado enfrente. Sergio no mira a Sebastián, sino fija la vista a los niños jugando en el jardín. Sus ojos tienen un brillo calculador que le eriza la piel.

Sergio baja el vidrio de su carro.

—¿Recuerdas cómo se siente perder a alguien que amas?

Sebastián se tensa. Los recuerdos de su hija Casandra y de su hermana Teresita comienzan a invadir su mente. Sergio ha elegido este momento con una precisión perfecta.

Cuando Sofía se acerca con su muñeca, Sergio dice —Tan vulnerable... exactamente como tu hermana. Y tu hija. ¿Recuerdas lo frágiles que eran?

La mano de Sebastián comienza a temblar, reviviendo los momentos más traumáticos de su vida: la sensación de impotencia, el miedo a perder a un ser querido.

—Cada día que pasa, te acerca más la venganza —continúa Sergio con voz helada.

Sebastián queda paralizado. Los niños siguen jugando, ignorantes del terror psicológico que se desarrolla a su alrededor. Sebastián siente que el pasado se funde con el presente, la misma pesadilla que lo persigue desde hace décadas.

Sergio sonríe. Su verdadera arma es la memoria. Arranca el motor y acelera, dejando polvo tras su camioneta.

Sebastián recoge a los niños y entran en la casa. Lucía tiene lista la cena.

—No tengo hambre. Me voy a acostar —dice Sebastián.

—Llegó este sobre para ti hoy —le dice Lucía.

Sebastián lo toma con manos temblorosas y antes de encerrarse en su cuarto, recorre meticulosamente la casa, cerrando todas las puertas y ventanas con llave y corriendo las cortinas hasta que ningún rayo de luz exterior entra.

Lucía, preocupada, le pregunta a Celina:

—¿Qué le pasa a Sebastián? Es como si temiera que algo pudiera entrar a la casa —susurra Lucía, mientras observa con inquietud el pasillo por donde ha desaparecido su esposo.

—No sé. Todo iba bien hasta que vimos a Sergio Luna.

—¿Sergio Luna? —Lucía se queda en silencio—. ¿Dónde lo viste?

—Aquí justo enfrente de la casa.

Lucía abre la cortina.

— Ya se fue. Tenemos un pasado complicado con él.

Sebastián se acuesta en la cama. El simple nombre de Sergio Luna lo llena de náuseas. Mira el sobre. *¿Lo abro o no?* Con la mano temblorosa, lo abre.

Sé que tienes los fondos de la extranjera. Entrégame el código para los 50.000 dólares y las desapariciones se detendrán. Hugo y Tomás fueron solo el comienzo. ¿Recuerdas cómo encontraron a Casandra? La serpiente siempre encuentra su presa, y ahora tiene los ojos puestos en Sofía y Teófilo. La mordedura puede ser rápida o lenta— tú decides. El veneno ya está circulando.

Esa noche, Celina se despierta por los gritos. Desorientada, se sienta en la cama, escuchando. Los gritos provienen del pasillo, de la habitación de Sebastián.

Se acerca sigilosamente a la puerta y la abre un poco. Lucía ya está en el pasillo, apresurándose hacia su dormitorio. La puerta se cierra detrás de ella, pero Celina aún escucha la voz de Sebastián, aterrorizada.

—¡Las serpientes! ¡Vienen por los niños!

Apenas se oyen los murmullos tranquilizadores de Lucía, demasiado suaves para distinguir las palabras. Celina regresa a su cama, pero el sueño tarda en volver. Las pesadillas de Sebastián, las amenazas de Sergio, los tatuajes de serpientes . . . todo parece conectarse de una manera que ella no comprende.

～∞～

El amanecer llega con el aroma del café y el sonido apagado de voces en la cocina. Celina se levanta, vistiéndose rápidamente. Al salir de su habitación, encuentra a Teófilo jugando silenciosamente en el pasillo con su camión.

—Buenos días —susurra Celina, agachándose junto al niño—. ¿Está despierto tu abuelo?

El pequeño asiente. —El abuelo gritó anoche. Otra vez los soldados malos en sus sueños.

En la cocina, Sebastián parece agotado, con profundas ojeras. Bebe café en silencio mientras Lucía prepara tostadas. Desayunan en un silencio incómodo.

Más tarde, mientras caminan hacia el centro bajo el sol que contrasta con la oscuridad de la noche anterior, Celina nota que Sebastián escanea la calle repetidamente, deteniéndose ante cada auto rojo que pasan.

—¿Esas pesadillas?—se atreve a preguntar con cuidado cuando están solos—. ¿Las tienes a menudo?

Sebastián sigue caminando. El sonido de su pierna protésica marca un ritmo contra el pavimento. Celina piensa que no responderá.

—El pasado nunca nos deja, Celina —dice finalmente—. Especialmente cuando hemos visto cosas que nadie debería ver.

Se detiene junto a una pared cubierta de grafitis. Entre las marcas, hay un dibujo de una serpiente devorándose su propia cola.

—Durante la guerra, nos decían: "Recuerda, la serpiente siempre regresa a donde mudó su piel". — Toca el grafiti brevemente. —Todo vuelve, eventualmente.

Antes de que ella pueda preguntar qué significa, Sebastián ya sigue la marcha, con su pierna esprotésica avanzando con el mismo ritmo.

～∞～

Más tarde, Sebastián encuentra a Celina en el patio trasero del centro, donde ha improvisado una pequeña clase al aire libre aprovechando el buen tiempo.

—Hablemos —dice, señalando a los muchachos que pueden seguir con su actividad.

Caminan hasta un banco bajo un árbol. Sebastián respira profundamente antes de hablar. —Han pasado tres semanas. Tres semanas, y aún no podemos acceder a los fondos que tu iglesia recaudó.

—He buscado por todas partes —responde ella, la defensiva elevándose en su tono—. He vaciado mis maletas y revisado cada documento. Mi familia ha buscado mi dormitorio. He llamado a la iglesia muchas veces.

—¿Y no recuerdas nada? —insiste Sebastián, el volumen de su voz aumentando—. ¿Una contraseña? ¿Un código QR? ¿Una serie de palabras extrañas?

—¡No soy estúpida! —Celina se levanta—. Si lo recordara, se lo habría dicho. ¿Cree que no me siento terrible?

Sebastián la observa, notando por primera vez su fragilidad. —Perdóname —dice en voz baja—. Es que . . . Hugo y Tomás desaparecieron. Dos de nuestros mejores estudiantes.

—Encontrarán trabajo en otro lugar —completa Celina—. O peor.

—Exactamente.

Se quedan en silencio, compartiendo el peso de una responsabilidad que ha caído sobre ambos.

—¿Qué pasa si nunca lo encontramos? —pregunta Celina finalmente.

—Entonces, nos adaptaremos —responde Sebastián después de un momento—. Siempre lo hacemos.

Chapter Sixteen

La serpiente siempre vuelve

15 febrero, 6:45 a.m.

Mientras el sol se eleva sobre San Salvador, la luz de la mañana se filtra por las ventanas cuando Sebastián llega al centro. Viene temprano para terminar el papeleo, esperando algo de tranquilidad antes de que comience el día. Pero al acercarse a la puerta trasera, nota que la puerta está entreabierta.

—¡Otra vez! —Sebastián siente la ira familiar. ¿Cuántas veces le ha dicho a Javier que arregle la cerradura? Empujando la puerta, llama: —¿Hola? ¿Quién está aquí?

Su voz resuena en el pasillo vacío. No hay respuesta.

Las luces de la cocina están encendidas, la cafetera medio llena. Alguien ha estado aquí recientemente. Mientras se adentra más en el edificio, Sebastián ve un rastro de pequeñas gotas oscuras en el suelo. Se agacha y toca una con el dedo.

Sangre. Todavía pegajosa, no completamente seca.

Sigue el rastro hasta el almacén. Las gotas se vuelven más grandes, más frecuentes. Cuando abre la puerta, el olor lo golpea primero.

—Imposible —susurra.

Hugo yace de lado, con los ojos abiertos pero sin ver, su cuerpo contorsionado. Alrededor del cadáver hay pequeñas marcas de punciones, y a su lado, el patrón del movimiento de una serpiente en el polvo.

La sangre de Sebastián se congela. En la pared, escrito con lo que parece ser sangre, hay un mensaje:

ALEJANDRO MAÑANA. LUEGO TOMÁS. LUEGO LOS NIÑOS. ¿DÓNDE ESTÁ MI BITCOIN?

Sebastián se tambalea, sacando su teléfono del bolsillo. Sus dedos tiemblan mientras marca.

—Padre —dice cuando Roberto contesta—, está escalando. Hugo está muerto, aquí en el centro. Necesitamos encontrar el código ya.

<center>~~~</center>

Aunque le presionan a Celina para encontrar el código, no menciona la muerte ni a Lucía ni a Celina. Semanas pasan y no llega ninguna noticia nueva. Todos están muy ocupados con las clases y el centro, y no hablan de otras cosas, aunque la posibilidad de más desapariciones le queda en la mente de Sebastián. Vieron el carro rojo un par de veces, pero no los sigue como antes. Sebastián trabaja aún más y mantiene su distancia de Celina, hablando por celular o quedándose más tarde en el centro. La siguiente vez que Sebastián y Celina caminan a casa, ella se aleja del tema de Bitcoin.

—Me prometió contar su historia. El padre Roberto me contó sobre El Salvador, pero todavía no conozco la suya. Mi asesor espera información sobre mi supervisor esta semana.

—Celina, tengo muchos problemas con el centro. Empezamos los proyectos de inglés y turismo. El centro necesita arreglos. Y varios chicos están desapareciendo del centro.

— Perdón —. Caminan en silencio por unos largos minutos.

Sebastián suspira y se rinde. —Bueno. No me gusta hablar de mi pasado. Te contaré algunas cosas y nada más. Punto. —Sus hombros caen, como si el peso de los recuerdos lo aplastara.

—De acuerdo —Celina saca su cuaderno para tomar apuntes.

Sebastián mira hacia la distancia. —Las pandillas reclutan a chicos jóvenes. A los once años, el ejército me ofreció trabajo.

—¿A los once años? —Se le agrandan mucho los ojos.

—Sí. —Asiente lentamente con la cabeza—. Muchos niños soldados fueron obligados a servir en el ejército. La mayoría tenía menos de dieciocho años. Yo era alto para mi edad. Pronto me dieron un arma y un uniforme. Con el tiempo, mis compañeros se convirtieron en mi familia.

—Nunca olvidaré cuando vi morir a mi primer amigo. Solo tenía trece años —Sebastián se limpia las lágrimas con la mano. —Todavía veo su cara. En un momento estaba vivo y al siguiente, muerto. Como mi hija Casandra. —Su voz se quiebra al mencionar el nombre.

—Con el tiempo, más compañeros murieron. A manos de otros chicos de doce, catorce, dieciséis años. Me acostumbré y me volví insensible.

—¡Niños asesinos! —murmura Celina, llevándose una mano a la boca.

—Para nosotros era normal. —Se encoge de hombros —. Cuando regresé a casa, mi madre se preocupó por los cambios en mí. Por fin, cuando perdí mi pierna, ella pidió al padre Romero que me sacara del ejército. —Da un golpe suave con los nudillos sobre su pierna protésica—. Él cumplió y me encontró trabajo con la familia Luna. Perder la pierna me salvó la vida.

—¿Qué trabajo hacía Ud. con los Luna? —la curiosidad de Celina es evidente en los ojos.

—De todo. No me necesitaban, pero la señora era muy buena. Siempre apoyaba el trabajo del padre Romero.

—Imagino que conociste un mundo completamente diferente al vivir con ellos. Debió ser toda una experiencia. —Celina asiente comprensivamente.

—Nunca había visto tanta riqueza: comida, joyas, carros, lujo. —Sus ojos se iluminan brevemente—. Todos me trataron excelente, excepto Sergio. —Su rostro se endurece al pronunciar el nombre.

—¿Por qué? ¿Qué tenía Sergio contra usted? —Celina baja el tono de voz.

—Sergio era la oveja negra de la familia. Mimado pero perezoso. —Hace un gesto despectivo con la mano—. Siempre decía que alguien de mi clase no merecía estar en su casa, que él odiaba a la gente como yo.

—¿Y usted iba a la iglesia entonces? —Celina pregunta.

—¿Qué tiene que ver eso con tu pasantía? —Sebastián frunce el ceño.

—¿Por qué dejó de trabajar con los Luna? —Celina desvía rápidamente la pregunta.

—Es complicado. —Pasa una mano por el cabello canoso—. Perdí el interés cuando mataron al padre Romero. Pasaron cosas con mi familia y me casé con Lucía. La vida se complicó cada vez más.

Nunca le contaré el resto de la historia. Casi nadie conoce mi secreto. Ni siquiera Lucía, por vergüenza y miedo. Veo el pasado como si fuera una película . . .

Nunca le contaré el resto de la historia. Casi nadie conoce mi secreto. Ni siquiera Lucía, por vergüenza y miedo. Veo el pasado como si fuera una película . . .

Chapter Seventeen

La joya del engaño

El pasado, hace 40 años

Hace cuarenta años, Sergio Luna, a sus dieciséis años, vivía constantemente a la sombra de su hermano Cristián. "El perfecto Cristián. Becas, reconocimientos, respeto. Y Sergio . . . el problemático."

Cansado de intentar competir, Sergio se refugiaba en la rebeldía. Su única esperanza era Lucía, la chica de la iglesia que le miraba como a un igual. Con ella, se sentía valioso. Hoy, por fin, tendrían su primera cita a solas.

Soñaba con pedirle que fuera su novia durante las Fiestas Agostinas. Este año, esperaba que el padre Romero lo eligiera para cargar la imagen del santo, un honor que el año anterior había recibido su hermano.

Su fantasía se rompió cuando el padre Romero entró acompañado de un muchacho que cojeaba.

—Se llama Sebastián. Tus padres le han dado trabajo —explicó el sacerdote.

Con desdén, Sergio apenas murmuró un saludo al joven de una sola pierna.

Los meses siguientes fueron un infierno para Sergio. Sebastián, a pesar de su discapacidad, se ganó el cariño de toda la familia. La madre de Sergio lo trataba casi como a un hijo más, su padre lo admiraba. También comenzó a brillar en lo académico.

El golpe definitivo llegó durante las Fiestas Agostinas, cuando reunió valor para invitar a Lucía:

—Gracias por pensar en mí —respondió ella incómoda—, pero Sebastián ya me invitó.

Esa misma tarde, supo que el padre Romero había elegido a Sebastián para cargar al santo. Su nombre ni siquiera aparecía en la lista.

Desde aquel día, su resentimiento hacia Sebastián se transformó en obsesión. Cada rechazo, cada comparación, alimentaba un resentimiento que crecería durante décadas, transformando al joven rebelde en el hombre vengativo que ahora acechaba a Sebastián y su familia. Hasta un día encontró su oportunidad.

~~

Un día, doña Luna le pidió a Sebastián que limpiara su Cadillac dorado. Bajo el sol intenso, mientras limpiaba debajo del asiento, encontró un anillo con un enorme rubí rodeado de diamantes. Se quedó maravillado, imaginando cuántas familias necesitadas podrían ayudarse con algo tan valioso.

Recordó las palabras del padre Romero: *"La misión de la Iglesia es identificarse con los pobres."* La señora Luna nunca había mencionado perder un anillo. Tras mirar a su alrededor, lo guardó en el bolsillo, convencido de que hacía lo correcto.

Al día siguiente, mostró el anillo al padre Romero, esperando su aprobación.

—Hijo —le dijo el padre con seriedad—, conozco tu corazón y tus buenas intenciones, pero ese anillo no es nuestro. A Dios le importan los Luna tanto como los pobres. Debes devolverlo y explicar lo sucedido.

Avergonzado, pero decidido a hacer lo correcto, Sebastián fue a trabajar al día siguiente para devolver el anillo. En el patio, un silbido lo detuvo. Era Sergio, escondido tras un árbol.

—Dame el anillo —exigió Sergio.

—¿Qué anillo? —respondió, fingiendo sorpresa.

—El que robaste del carro de mi madre. Te vi.

—No lo robé, lo encontré. Iba a devolverlo hoy.

—¿Devolverlo? Si fueras a devolverlo, lo habrías hecho ayer. Dámelo o le diré a mi madre que te vi robándolo.

Sin otra opción, Sebastián entregó el anillo. Así comenzó su calvario. Desde ese día, Sergio lo chantajeaba constantemente, obligándole a realizar tareas humillantes bajo amenaza de denunciarlo.

—Pule mi auto.

—Lámeme las botas.

—Ladra como un perro —ordenaba Sergio.

Y Sebastián obedecía, temiendo perder su trabajo y decepcionar a la familia Luna.

Mientras Sebastián sufría, Sergio se burlaba con sus amigos:

—El tonto no sabe que fui yo quien puso el anillo allí.

Cuando Sergio devolvió el anillo a su madre, ella se mostró confundida.

—Gracias, hijo. Lo había estado buscando. Quería regalárselo a Sebastián para su compromiso con Lucía.

Chapter Eighteen

El enemigo interior

20 de febrero

Mi hermano siempre fue . . . diferente — Cristián explica—. Cuando éramos niños, encontré su colección secreta. Serpientes en cajas de zapatos. Las alimentaba con ratones vivos. Le gustaba mirar.

—Eso no explica por qué me odia tanto —responde Sebastián, las manos inquietas sobre su bastón.

Cristián suspira y se gira. —Sergio nunca fue amado como yo. Nuestro padre lo comparaba constantemente conmigo. *«No sos como tu hermano», le decía. «Nunca serás como él.»* Lo destrozó por dentro.

—Todos enfrentamos rechazo en la vida —dice Sebastián.

—No como él. —Cristián saca una carpeta de su escritorio—. ¿Sabías que intentó suicidarse después de que te llevaste a Lucía? Tomó veneno de serpiente. Sobrevivió, pero algo cambió en él.

Abre la carpeta, mostrando documentos médicos del Hospital Divina Providencia.

—Lo internaron por seis meses. Desarrolló una obsesión. Cree que le has robado su destino. Que, si no fuera por ti, él tendría todo lo que tú tienes: Lucía, los niños, el respeto de todos. Se ha convencido de que sos el culpable de todas sus desgracias.

—¿Y su obsesión con las serpientes?

—Su psiquiatra escribió que Sergio encuentra poder en ellas. Control. *«La serpiente siempre muerde.»* Se lo tatuó en el pecho cuando salió. Para él no es solo una frase. Es una promesa. De que, tarde o temprano, todos sus enemigos sufrirán.

Cristián cierra la carpeta.

—Ha estado planeando su venganza por décadas, Sebastián. No es solo por dinero o por Lucía. Es porque cree que le robaste su vida entera. Y no parará hasta recuperarla . . . o destruirte.

～∿～

Un día, mientras Celina enseña inglés, organiza un concurso de karaoke en inglés. Los muchachos, antes tan serios y callados, ahora cantan animadamente canciones pop americanas, riéndose de sus propios errores de pronunciación. Hasta los más tímidos participan, aplaudiendo y cantando juntos. La música y las risas llenan los pasillos del centro. Sebastián, pasando por allí, se detiene un momento para observar la escena. Ver a estos jóvenes, que han vivido tantas tragedias, disfrutando de un momento tan simple y alegre, le llena el corazón de esperanza. Sigue a su oficina.

Celina cambia la canción, pero una sensación extraña la distrae. Siente que alguien observa. Mira hacia la ventana. Nada. Continúa la clase. La sensación persiste.

De nuevo hacia la ventana. Esta vez, un destello. ¿Un reflejo?

—Cinco minutos para escoger tu canción —dice ella, caminando hacia la ventana.

Afuera, el patio está vacío. Pero algo ha cambiado. Una marca en el cristal. Pequeña. Reciente. Un círculo perfecto, como hecho con un anillo.

Javier se acerca. —¿Sucede algo?

—¿Viste a alguien ahí afuera?

Javier mira por la ventana, tenso. —No. —Una pausa—. ¿Por qué?

—Nada. Imaginaciones mías.

Javier se aleja, pero antes toca levemente el círculo en el cristal. Un gesto casi imperceptible.

El resto del día, Celina nota más detalles inquietantes. Una silla movida de su lugar habitual. Un cuaderno abierto en una página distinta. Su botella de agua, medio vacía cuando recuerda haberla llenado. En el baño, un grafiti nuevo: una pequeña serpiente dibujada junto al espejo.

Sebastián pasa por el pasillo, cojeando más que de costumbre.

—Sebastián —llama Celina—. ¿Has notado algo extraño hoy?

—¿Como qué? —responde, distraído.

—Como si alguien . . . —duda— estuviera vigilando.
Sebastián se detiene. La mira fijamente. —¿Viste a alguien?
—No exactamente, pero . . . Nada. No es nada.

Chapter Nineteen

El picnic

24 de febrero

Llega el día del picnic. Había mucha emoción toda la semana hablando de las preparaciones para la comida y quién estará en qué equipo. Todos toman el partido en serio y por eso pasan horas en el gimnasio, corriendo, poniéndose en forma para el gran día.

—¿Va a jugar Celina? —Marcos, un jugador, le pregunta a Sebastián.

—Luego — dice Sebastián.

Celina, negligida aún en un partido de fútbol, se pone rabiosa. Otra desilusión más.

—Ud. me dijo que podía jugar —dice Celina.

Sebastián mira arriba y suspira audiblemente.

Cuando Brenda se lastima, Sebastián por fin dice: —Celina, toma su lugar.

El partido está empatado. En los últimos minutos, Celina tiene un tiro claro a portería. Javier le hace tropezar violentamente y anota el gol de la victoria.

—¡GOOOOOLAZO! —grita Javier, mientras hace un baile.

Celina yace inmóvil en el otro lado del campo. Se había desmayado. Pedro y Lucía acuden a ella.

—¡Celina! ¿Estás bien?

Lentamente, recupera el conocimiento. Intenta incorporarse, pero le duele el brazo izquierdo. La muñeca no puede sostener el brazo.

—¡Celina! Lo siento —Javier parece sinceramente arrepentido.

—Creo que me rompí la muñeca —dice Celina.

Mientras Lucía y Pedro ayudan a Celina a caminar hasta el carro, Celina mira al señor calvo, Sergio. Está parado en el estacionamiento con algo brillante colgando en la mano.

—Es él. Es Sergio Luna.

***

Celina está sentada en la sala del hospital mientras Lucía habla con el médico. Su muñeca palpita bajo la tabilla provisional. Un televisor montado en la pared transmite una noticia sobre una explosión en un edificio del centro de la ciudad.

—Otra explosión —dice la enfermera, negando con la cabeza. —La tercera este mes.

En la pantalla, los bomberos trabajan para contener el incendio mientras el reportero explica que este es el último de una serie de ataques dirigidos contra negocios que se niegan a pagar dinero por extorsión.

Pedro se acerca, trayéndole a Celina un vaso de agua. —El doctor estará listo para enyesarte el brazo pronto.

—Gracias —ella señala hacia el televisor. —Parece terrible.

Pedro baja la voz. —A las maras les gusta dar ejemplos. Cuando yo estaba involucrado, colocábamos dispositivos pequeños. Para asustar.

—¿Sabes cómo hacer bombas? — pregunta Celina, sorprendida.

Pedro niega con la cabeza. —Yo no. Había especialistas. Javier era uno de ellos.

—¿Javier? ¿Nuestro Javier?

Pedro parece incómodo, como si hubiera dicho demasiado. —Él aprendió en Los Ángeles. Durante un tiempo, trabajó con un poderoso líder de mara que se especializaba en cosas técnicas. Computadoras, explosivos, sistemas de seguridad. Por eso puede arreglar cualquier cosa en el centro.

Celina acaricia el lugar vacío en su cuello donde solía colgar la cruz de su abuelo. El gesto es casi inconsciente, un hábito de años buscando confort en ese pequeño símbolo de plata.

Pedro mira el movimiento de sus dedos. —¿Buscas algo?

Celina baja la mano, súbitamente consciente de su gesto.

—Mi cruz —dice con voz casi inaudible—. No la encuentro desde el partido.

—¿Es importante?

Celina asiente, sintiendo un nudo en la garganta. —Era de mi abuelo. Me la dejó antes de... Antes de que lo mataran por enfrentarse a la mafia del barrio. A la organización de mi tío abuelo.

Pedro se inclina hacia adelante, sorprendido por la revelación.

—¿Tu abuelo se enfrentó a la mafia?

—Era un hombre de convicciones —dice Celina, con una mezcla de orgullo y tristeza—. Siempre me decía: *Procura no ser una persona con éxito sino una persona con valores.* Esa cruz es más que una joya. Es un recordatorio.

—¿Dónde la viste por última vez?

Celina cierra los ojos, intentando recordar. Está segura de que la tenía durante el partido. ¿Será lo que tenía en la mano Sergio?

Chapter Twenty

Amenazas en las sombras

26 de febrero

El lunes siguiente, Sebastián y el padre Roberto se encuentran temprano en el centro. La puerta está nuevamente sin llave y la luz no funciona.

Sebastián estalla de frustración. —Todo se está desmoronando. El programa, los muchachos, hasta la maldita infraestructura. ¿Dónde están desapareciendo todos los muchachos?

—Encontraron el cadáver de Tomás anoche—responde el padre Roberto—. Extrañamente, él también murió por mordeduras de serpiente.

—¿Serpiente? ¿También? —Sebastián piensa brevemente en la muerte de su hija, pero aparta el doloroso recuerdo. Luego la muerte de Hugo. Tiene que ser Sergio, el que se fascina con las serpientes.

—Según Pedro, unos se fueron a trabajar con Sergio. Afirma que paga mejor.

Celina toca la puerta y entra sin esperar. —Señor Marín, tenemos que hablar antes de mis clases hoy. Ya no quiero que Javier esté en mi clase.

—Estás aquí para entrenarlo. Javier se queda.

—¡Pero me lastimó a propósito! —insiste.

—Javier estará aquí mucho tiempo. Vos sos temporal —sentencia Sebastián. —Si quieres tu crédito académico, cumple con tus deberes.

Celina acepta a regañadientes cuando Javier golpea la puerta.

—Padre, necesito hablarle. Es urgente.

—Estamos ocupados. Arreglá la electricidad y revisá la cerradura. Y Celina, vuelve a tus deberes. Estamos abrumados con nuestros problemas — Sebastián despide a los dos.

Cuando se marchan, el padre Roberto interviene.

—Sebastián, necesitás paciencia. Recuerda Monseñor Romero decía que no podemos ser indiferentes ante las necesidades de los demás. La redención es para todos, incluyendo Celina.

—No tengo tiempo para una chica consentida que viene de aventura.

—Ahora comprendo. Solo querías su dinero —responde el padre.

—Pero hay una razón por la que está aquí, y si la echas, todos perdemos.

～⁊～

Más tarde, Celina ve pasar el coche rojo de Sergio con Javier de copiloto. Cuando sus miradas se cruzan, Javier intenta esconderse y el coche acelera, dejando una nube de polvo en el aire. Celina se queda inmóvil, con una sensación incómoda en el estómago. *¿Qué hacía Javier con Sergio? ¿Javier, que parece tan determinado a cambiar su vida?* Las preguntas quedan suspendidas en el aire mientras observa el vehículo desaparecer en la distancia. No dice nada a Sebastián.

～⁊～

Esa noche, el silencio envuelve la casa de los Marín. Sebastián apenas toca su comida, perdido en pensamientos que no quiere compartir. Los niños charlan animadamente sobre su día en la escuela.

—Tengo trabajo —dice Sebastián al terminar—. Ayuda a los niños con su tarea y acuéstalos.

Se encierra en su estudio. Celina observa su figura encorvada frente al escritorio mientras pasa por el pasillo. Carga un peso invisible que aumenta cada día.

Con Lucía trabajando hasta tarde en un caso urgente, Celina se encuentra sola con los niños. Decide convertir la tarea en un juego, organizando una búsqueda del tesoro con pistas en inglés. Pronto, la casa se llena de risas y pasos apresurados. Por un momento, la sombra de preocupación se disipa.

Suena el teléfono. Celina atiende la llamada. —¿Diga? —contesta, sujetando el teléfono con el hombro mientras revuelve la pasta.

Silencio al otro lado. Luego, el sonido de una respiración pausada.

—¿Quién habla? —insiste Celina.

—Me gusta cómo cuidas a los niños —dice una voz masculina, tranquila, casi amistosa. —Especialmente a Teófilo. Su camión rojo me recuerda a algo.

El corazón de Celina se acelera. —¿Cómo sabe . . .?

—Sebastián debería valorar más lo que tiene —la voz ignora su pregunta—. Algunas personas lo perderían todo por no apreciar sus bendiciones.

La línea se corta.

Al acostar a los niños, Celina encuentra un pequeño dibujo bajo la almohada de Teófilo: una serpiente enroscada alrededor de un camión de juguete rojo. Perfectamente detallado. Toca la puerta de su oficina y se lo muestra a Sebastián.

—¿Quién te dio esto, Celina? —pregunta Sebastián, pálido.

—Nadie. Estaba debajo de la almohada de Teófilo.

En este momento Lucía regresa. Ella nota inmediatamente su estado.

—¿Qué pasa, amor? Pareces haber visto un fantasma.

—Cierra todas las ventanas y pon seguro en las puertas. No salgan ni abran a nadie esta noche.

Sin más explicaciones, Sebastián sale corriendo hacia la rectoría del padre Roberto, mirando constantemente sobre su hombro, concentrado por completo en la amenaza que acaba de recibir.

Chapter Twenty-One

Serpientes nocturnas

26 de febrero, 10 p.m.

En camino a la rectoría del padre Roberto, Sebastián se topa con Javier en la calle. Ya es noche, alrededor de las diez. Un carro rojo pasa lentamente por la esquina, alejándose antes de que Sebastián pueda verlo bien.

—¿Qué haces aquí, Javier? Es muy tarde —pregunta Sebastián, notando que el joven esconde algo en el bolsillo.

Javier evita mirar a Sebastián a los ojos. Sus manos tiemblan ligeramente.

—Doy un paseo —dice con voz ronca. Sus ojos parecen vidriosos y tiene ojeras profundas. En su cuello, el tatuaje de serpiente parece brillar bajo la luz de la farola.

—¿A estas horas? Siempre estás en la calle.

—Usted sabe que no tengo familia. Estoy aburrido en casa —responde, pero su mano sigue en el bolsillo, como si protegiera algo.

—Acuéstate, Javier. Nada bueno sucede en las calles de noche.

—Yo no duermo mucho. Estoy muy inquieto —Javier parece querer decir algo más. Mira nerviosamente hacia la esquina donde desapareció el carro—. ¿Ud. conoce bien a Sergio Luna?

Sebastián se tensa al escuchar el nombre.

—¿Por qué preguntas por él?

—Por nada . . . solo —Javier traga saliva—. Lo he visto cerca del centro. Preguntando por usted y por la chica americana. Y por el . . . dinero.

—¿Te ha contactado? —Sebastián da un paso hacia él.

—No, señor —responde demasiado rápido—. Solo lo he visto. ¿Ud. tiene tiempo para hablar conmigo? Hay algo que debería saber . . .

—No, tengo prisa. Es una emergencia —corta Sebastián, pensando solo en la amenaza a sus nietos.

Javier frunce el ceño mientras sus hombros se caen visiblemente bajo el peso de las palabras. De su bolsillo cae una pequeña bolsa que recoge rápidamente, pero no antes de que Sebastián vea que contiene un polvo blanco.

—Con permiso, señor Marín. Buenas noches —dice, y sale rápidamente.

«Extraño», piensa Sebastián y sigue caminando. «Siempre me quiere hablar. ¿Y qué sabe de Sergio? ¿Qué está escondiendo?»

El teléfono de Javier vibra mientras se aleja. Un mensaje de texto brilla en la pantalla: «*HICISTE LO QUE TE PEDÍ? RECUERDA NUESTRO TRATO. LA SERPIENTE SIEMPRE MUERDE. —S.*»

Sebastián golpea la puerta de la rectoría con urgencia. La ama de llaves lo recibe con gesto cansado.

—Vilma, necesito hablar con el padre Roberto.

—Lo siento, ya se acostó. ¿Puede volver mañana?

—Es urgente. —La voz de Sebastián tiembla.

El padre Roberto aparece en la entrada, en bata y con ojos somnolientos.

—Sebastián, ¿qué sucede?

—Necesito hablarle en privado.

En la oficina, Sebastián le entrega las notas.

—Sergio Luna amenaza a mis nietos. Quiere el dinero del bitcoin —explica mientras se retuerce las manos—. No sé qué hacer. No tenemos el código y no quiero volver a caer en sus juegos, pero no permitiré que lastime a mi familia.

Vilma trae café y se retira. El padre Roberto reflexiona un momento.

—Nunca cedemos ante el chantaje. Déjame pensar.

Mientras el sacerdote escribe notas, Sebastián camina por la habitación, mordiéndose las uñas.

—¿Y si inventamos un código falso? —sugiere Sebastián.

—Tengo una mejor idea —responde el padre—. Reunamos todas las pruebas —las notas, etc.— contra Sergio y presentémoslas a su hermano Cristián. Él controla los recursos familiares y Sergio no querrá perder su acceso.

La llamada a Cristián Luna es breve pero efectiva. Promete intervenir al día siguiente.

—Sergio siempre me escucha cuando se trata de dinero —asegura Cristián por teléfono—. Tengo una idea para alejarlo del país.

Sebastián cuelga, sintiendo un leve alivio.

—Gracias, padre. Perdón por molestarlo tan tarde.

—Te llevo a casa. Con estas desapariciones—

—No, gracias. El aire fresco me hará bien.

Chapter Twenty-Two

Venenos del pasado

San Salvador, la medianoche

Caminando a casa, Sebastián reflexiona sobre la obstinación de Sergio. ¿Por qué sigue el resentimiento después de tantos años? El dinero es importante, pero la venganza parece ser su verdadera motivación. De repente, siente un escalofrío. Antes de voltear, ya sabe quién está cerca. El carro rojo de Sergio avanza lentamente junto a él.

— ¡Déjanos en paz! —grita Sebastián—. ¿Por qué sigues persiguiéndome después de tantos años?

Sergio sonríe desde el volante. —Me arruinaste la vida. Me robaste mis seres queridos, mi educación, mi futuro. Me humillaste. Sin ti, todo habría sido diferente.

—¿Yo? ¡Era un pobre cojo sin nada! Tú tenías todos los privilegios —explota Sebastián.

—¿Privilegios? —la sonrisa de Sergio se endurece—. Me quitaste todo.

Sebastián patea su llanta.

Sergio suelta una carcajada. —Me gusta verte así, desesperado —acelera y se aleja—. La serpiente siempre encuentra su presa.

La calcomanía de la serpiente en la ventana trasera del auto parece burlarse de él, recordándole la muerte de su hija y su yerno. Y ahora Hugo y Tomás.

Está cerca del cementerio donde descansa Casandra. Aunque rara vez visita su tumba, siente un impulso repentino de ir. En la luz de la luna, mira el nombre de su hija sobre la piedra:

CASANDRA RUIZ MARÍN

QUERIDA HIJA, ESPOSA, MADRE

1983-2016

Sebastián nunca se deja vencer por las lágrimas. Las siente venir, pero las para. Se pone estoico de nuevo. Pone la mano sobre la piedra.

—Hija, te prometo hacer todo lo posible para cuidar a tus hijos. No te pude salvar a ti, pero te juro que nada les pasará a tus chicos.

El carro rojo se detiene junto a Javier en la oscuridad.

—Súbete —ordena Sergio.

Javier, con ojos rojos y desesperados, obedece. Sus manos tiemblan mientras se sube.

Sergio conduce hacia las afueras de la ciudad. —Te ves mal, hermano —dice Sergio, fingiendo preocupación—. ¿Necesitas algo más?

—No . . . yo quiero mantenerme limpio.

Sergio saca una bolsa pequeña. —¿Seguro? Es de la buena. Como la que teníamos en Los Ángeles.

Javier cierra los ojos con fuerza. —El centro me está ayudando . . .

—¿El centro? —Sergio se ríe—. ¿Sabes por qué Sebastián ayuda a las maras? Para sentirse mejor por lo que hizo. Por las muertes que causó.

—¿Qué muertes?

—Oh, ¿no te contó sobre el arzobispo Romero?

Sergio sonríe mientras Javier toma la bolsa con manos temblorosas. —Tengo mucho que contarte. Pero primero, necesito un favor.

Javier mira la droga en sus manos, sabiendo que está cayendo en una trampa, pero es incapaz de resistir.

～ઈ～

Cuando Sebastián llega a casa, todos están dormidos. En la quietud de la noche, suena el teléfono. Esta vez Sebastián no salta de miedo; casi espera la llamada.

—¿Sí? ¿Aló?

—Deja el código para el bitcoin en el estante este domingo. Si informas a la policía, tus nietos y Celina pagarán —dice la voz, antes de colgar.

—Celina no tiene el código—

Sebastián sabe que ya se colgó. Suda. Un zumbido le llena los oídos. Que todo el chantaje termine de una vez. Decide montar una alarma para proteger el Centro de la Reforma. No hay seguridad allí. Si tuviera los recursos, pondría una alarma en su casa también. Recoge las notas y las pruebas y las pone en un sobre para dárselas a Cristián.

Casi no duerme en toda la noche. Cuando logra dormir, pasan delante de él todas las imágenes de la serpiente: los tatuajes de la serpiente en los codos; la calcomanía de la serpiente en el coche; la serpiente del refrán del padre Romero: *La justicia es igual a las serpientes. Sólo muerden a los que están descalzos.*

Sebastián sueña con pelear en la guerra, tratando de escapar de los insurreccionistas, corriendo. Los soldados se convierten en unas serpientes que le muerden los pies descalzos. Cuando Sebastián queda envenenado, las serpientes muerden y tragan a su mamá y sus hermanitos. Luego persiguen a su hija, sus nietos y a Lucía. Su familia grita por su ayuda, pero él es inútil por el veneno. Las serpientes los muerden y su familia grita con dolor. Sebastián se despierta con un sudor húmedo, el pijama pegado a su cuerpo.

Chapter Twenty-Three

Con permiso

3 de marzo

Aquella semana, Sebastián encuentra a Celina trabajando tarde en su aula, preparando materiales para sus clases a pesar de su brazo en yeso.

—Todavía aquí —dice él, sorprendido.

—Sí, señor. Sin computadora, toma más tiempo preparar todo a mano.

Sebastián observa los carteles coloridos que ha hecho, las tarjetas de vocabulario organizadas cuidadosamente.

—Me dicen que me he portado muy duro contigo —dice por fin.

—Solo quiero hacer bien mi trabajo, señor.

Sebastián asiente levemente.

—Te puedo prestar mi computadora personal mañana. Para hacer tus materiales.

«Es poco, pero es algo», piensa. Celina sonríe. —Gracias, señor.

Cuando la luz se corta durante la clase, Sebastián asoma la cabeza por la puerta.

—¿Javier?

El joven se levanta para arreglar el problema. Celina lo sigue.

—Enséñame a arreglarlo, por si no estás algún día.

Javier, sonrojándose, saca sus herramientas y trabaja con los cables. —Solo tienes que reconectar estos dos. Es todo —explica mientras guarda sus herramientas.

Cuando va a marcharse, Celina lo detiene. —Espera. No entiendo cómo pudiste lastimarme y actuar como si nada hubiera pasado.

—Fue un momento de rabia. Solo quería ganar —murmura Javier.

—Mírame —Celina levanta su brazo enyesado—. Me rompiste la muñeca y perdí la cruz de mi abuelo. Y nunca te has disculpado.

Javier mira al suelo. —Fue un accidente. ¿Por qué me gritas?

—No te grito. Pero nunca pediste perdón.

—¿Perdón? Está bien. Perdóname.

Celina suspira frustrada. —Si no lo dices en serio, mejor no lo digas.

Los ojos de Javier se humedecen. —No sé qué quieres de mí. No me enseñaron estas cosas. Lo siento, de verdad.

Celina se ablanda al ver su vulnerabilidad. —Está bien. Comencemos de nuevo. ¿Eres amigo de Sergio Luna?

Javier se sobresalta, dejando caer sus pinzas.

—Ya no. ¿Por qué?

—Te vi en su carro el otro día.

—Eso . . . yo estaba . . . —Javier recoge las pinzas con manos temblorosas—.

Celina lo mira fijamente.

—Javier, te vi con Sergio Luna.

—Sergio es peligroso. Yo quiero seguir el buen camino.

—¿Y los otros muchachos que han dejado el centro?

—Algunos volvieron con Sergio. Ganan más y no tienen que soportar los gritos de Sebastián.

En ese momento, Sebastián entra apresuradamente.

—Javier, la alarma se activó cuando se cortó la luz. Estamos encerrados. Los cables están funcionando mal.

—Lo arreglaré —responde, y mirando a Celina añade—: Con permiso.

Chapter Twenty-Four

La cruz y la serpiente

13 de marzo

El recuerdo del disparo que mató a Romero resuena en la mente de Sebastián, haciendo temblar sus manos.

Sebastián se concentra en cómo resolver los problemas del centro. Cristián Luna habló con su hermano y les aseguró que Sergio ya los iba a dejar en paz. La familia tiene una propiedad en Península Papagayo, Costa Rica, y lo mandó a trabajar de gerente en un hotel allí. Es remoto. Lo mantendrá muy ocupado y muy lejos de San Salvador. Últimamente, Sebastián no lo ha visto. Problema resuelto.

Sin embargo, Sergio no es el único problema de Sebastián. Ahora, sin la promesa del bitcoin, el estrés ha aumentado. Ya no tiene los fondos para arreglar el centro ni comprar la máquina de quitatatuajes. Sacó un préstamo para montar la alarma. Siempre había soñado con seguir el trabajo de Romero. Hasta pensó en renombrar el centro. En vez del genérico Centro de la Reforma, pensó en una dedicación en nombre de Óscar Romero.

~v~

Aquella noche, Celina llama a su hermana, Johanna. Le cuenta todo lo que pasó con Javier. —Hermana, ¿es posible que uno no sepa pedir perdón?

—Recuerda, Celina, estás tratando con gente que tiene una educación muy diferente a la tuya. Algunos tienen dificultades para comprender cómo sus acciones afectan a otros. No sienten la necesidad de disculparse porque no reconocen el impacto de sus acciones.

—Él dijo que casi no le enseñaban tales cosas.

—En este caso, puede ser que pedir perdón sea percibido como una debilidad.

—Ayúdame a saber cómo responder. Porque me siento enojada. Con Sebastián también —dice Celina.

—No es fácil. No puedes tener las mismas expectativas de ellos que tienes a otras personas. Algunas personas que experimentaron el trauma carecen de la habilidad de expresar sus emociones y reconocer que han cometido un error. Hay que tener paciencia y soltar las expectativas. Y mantener límites sanos.

—¿Límites sanos? ¿Cómo voy a saber cuáles son?

—Los vas a reconocer. Créeme. Confía en tu intuición.

—Pensé que todo iba a ser mucho más fácil en un país tan chiquito. Nunca quise estar en El Salvador.

—Hay una razón por la que tú estás en El Salvador y no de fiesta en Barcelona.

—Prefiero estar de fiesta en Barcelona. Pero si tengo que estar en San Salvador, que dé mis clases y firmen los papeles. Así me gradúo y sigo adelante con mi vida.

— ¿Crees que el centro les está haciendo bien a los muchachos?

—Pues... ya no están en la calle como antes. Pero me preocupa que algunos sigan consumiendo a escondidas. Se nota en los ojos vidriosos, los cambios repentinos de humor y esa inquietud constante que no pueden disimular.

—También fíjate si tienen la piel pálida, sudor excesivo y las pupilas dilatadas. ¿El centro tiene grupos de recuperación? ¿Como los de los doce pasos? —pregunta Johanna.

—No creo. Es buena idea investigar qué grupos existen aquí.

—Así estarás lista cuando la oportunidad se presente —dice Johanna. —Estos grupos son muy buenos. El hecho de que siguen yendo al centro es una señal de que quieren ayuda.

—Todo es muy complicado aquí. Sólo setenta días más. —Celina le enseña los días en la aplicación.

∿

Las luces parpadean sobre Celina mientras guarda sus materiales. El centro está casi vacío. Sale del aula, notando algo extraño en la pizarra del pasillo. Alguien ha dibujado una serpiente en la pared. No estaba allí esta mañana.

Continúa caminando, sus pasos resonando en el pasillo vacío. La sensación de ser observada la acompaña. Al pasar junto a una ventana abierta, una brisa mueve su cabello, trayendo consigo un aroma peculiar —colonia mezclada con cuero y tabaco.

Al llegar a la salida principal, encuentra un sobre blanco con su nombre. Dentro, una fotografía de ella tomada hace una hora, durante su clase. En el reverso, escrito con elegancia: "Bonita blusa roja. Combina con tu pelo oscuro."

Un ruido en el pasillo la hace detenerse. Pasos, demasiado pesados para ser de Javier.

—¿Hola? —llama—. ¿Hay alguien ahí?

Sin respuesta, pero los pasos se detienen.

Celina recoge sus cosas rápidamente, de repente ansiosa por irse. Cuando alcanza el interruptor de la luz, nota algo en su escritorio que no estaba allí antes: una pequeña caja envuelta con una cinta roja.

Su mano se cierne sobre ella, insegura. Lentamente, tira de la cinta, y la caja se abre.

Dentro está su collar de cruz, el que había perdido en el partido de fútbol. Pero el oro ahora está manchado, y enroscada alrededor hay una pequeña serpiente muerta.

Una nota debajo dice: Las cosas hermosas se rompen fácilmente. Dile a Sebastián: solo espero seis días más.

Los pasos continúan, más cerca ahora. Celina camina hacia atrás hasta llegar a la ventana, su teléfono en la mano. Una sombra aparece en la puerta: alta, calva, inconfundible.

—Hola, Celina —Sergio sonríe mientras entra en la habitación—. Pensé que podríamos tener una pequeña charla sobre tu código de Bitcoin.

La espalda de Celina golpea la pared. No hay a dónde correr. La puerta del aula está al otro lado de la habitación, y Sergio se interpone entre ella y la única salida.

—No tengo el código —dice Celina tratando de sonar firme.

—No es lo que Sebastián le dice a su sacerdote —Sergio se acerca, algo metálico brillando en su mano—. Pero creo que sí lo tienes. Y creo que me vas a decir dónde está.

Levanta la mano, revelando una serpiente. —Esto hará que hables.

El suelo comienza a ondularse bajo sus pies. Las paredes del aula se distorsionan. La sonrisa de Sergio se vuelve amplia, los dientes afilados como colmillos.

Celina grita, pero ningún sonido sale de su boca. Intenta moverse, pero sus piernas están paralizadas. La serpiente se acerca más y más a su cuello, donde colgaba la cruz de su abuelo. De pronto, la habitación gira violentamente y todo se vuelve negro.

Celina se despierta de golpe, jadeando, empapada en sudor frío. Está en su habitación en casa de Sebastián. La luz de la luna se filtra por la ventana, proyectando sombras que bailan en las paredes.

Se lleva la mano al cuello instintivamente, buscando la cruz que ya no está allí. Su corazón late con fuerza mientras las imágenes del sueño permanecen vívidas en su mente. El sueño se sentía tan real —demasiado real.

∽

Al día siguiente, Celina toca la puerta de Sebastián.

—Regresa más tarde —contesta Sebastián por la puerta.

Celina abre la puerta de todos modos. —¿Un minuto de su tiempo?

Sebastián siente un dolor de cabeza. No lo deja en paz. *¿Cuántos meses más tiene la pasantía?* —¿Qué?

—Creo que estos muchachos necesitan mucho más que una profesión—. Celina piensa en Javier, cómo llega a la clase con los ojos vidriosos, cómo no parece estar presente con tanto bagaje emocional. —Johanna dice que es imposible aprender con tanto trauma adentro.

—¿Y?

—El oponente verdadero de los muchachos es el trauma. Tenemos que tratar el trauma, para que encuentren la reformación que necesitan.

—Guau, Celina. Apenas llegas al centro y ya tienes soluciones para todo.

Celina se pone roja.

—Señor, con todo respeto, si los muchachos no se ocupan de su trauma, siguen atrapados por su pasado. O caen en sus viejos hábitos. Son atormentados por su pasado.

—¿Y de dónde consigo los fondos y recursos para aumentar el trabajo aquí? Apenas podemos seguir el ritmo del trabajo que tenemos. ¿Y si no funciona? —pregunta él cuando termina.

—Entonces ajustaremos el programa —responde ella con confianza—. Como usted dice, lo importante es no rendirse.

Sebastián levanta las cejas, sorprendido de oír sus propias palabras.

—Parece que has aprendido algo aquí después de todo.

—Más de lo que pensaba aprender, señor.

Chapter Twenty-Five

Javier lucha

16 de marzo

La lluvia cae con fuerza mientras Sebastián cierra el centro. Todos se han ido temprano por la tormenta. Revisa la cerradura dos veces —últimamente está más paranoico que de costumbre— y se encamina hacia la parada de autobús, su paraguas luchando contra el viento.

El autobús tarda. Mira su reloj: veinte minutos de retraso. Un taxi para cerca, probablemente buscando pasajeros desesperados por la lluvia. Sebastián duda. No le gusta gastar en taxis, pero Lucía y los niños lo esperan para cenar.

Hace una seña y un taxi se acerca. Al abrir la puerta trasera, Sebastián se detiene. Aunque lleva una gorra, hay algo familiar en la nuca del conductor. Un escalofrío que no tiene nada que ver con la lluvia recorre su espalda.

—¿Adónde? —pregunta el conductor sin voltearse, su voz deliberadamente grave.

—La Candelaria —responde Sebastián, todavía en la puerta, indeciso.

El conductor ajusta el espejo retrovisor, y por un instante, sus ojos se encuentran. Sebastián ve un destello de reconocimiento, de malicia contenida. *¿Es él?*

Un claxon suena detrás. El autobús finalmente llega.

—Disculpe, llegó mi autobús —dice Sebastián, cerrando la puerta del taxi.

El conductor se gira levemente, solo lo suficiente para que Sebastián capte un perfil que despierta recuerdos enterrados hace décadas. El taxi arranca sobre el asfalto mojado, a toda velocidad. Sebastián permanece inmóvil bajo la lluvia, viendo las luces rojas desaparecer en la distancia.

—¿Va a subir? —pregunta el conductor del autobús, impaciente.

Sebastián asiente y sube, su mente aún procesando lo que cree haber visto. ¿Es posible?

Saca su teléfono y marca a Cristián Luna con dedos temblorosos.

—¿Sebastián? ¿Qué ocurre? —contesta Cristián.

—Tu hermano—comienza Sebastián—. Sergio . . . ¿sigue en Costa Rica?

Un silencio significativo precede la respuesta.

—Hasta donde yo sé, sí. ¿Por qué?

—Por nada —responde Sebastián—. ¿Puedes comprobarlo?

⌇

La próxima semana, cuando los estudiantes entran a clase, están visiblemente molestos por los regaños de Sebastián.

—Ya no lo soporto —murmura Marcos.

—Salimos de una pandilla para caer en otra peor —dice otro.

Javier entra tarde, tropezando con sus propios pies.

—Perdón, *teacher* —se ríe de manera extraña—. Tenía una cita importante.

Durante la clase, Javier está ausente: tararea, mira por la ventana y finalmente se duerme sobre su pupitre. Celina nota el cambio en su comportamiento, tan distinto de su participación normal.

Después de clase, Pedro le pregunta a Celina: —¿Quieres que te ayude con él?

—Déjalo dormir.

Mientras prepara sus próximas lecciones, Javier se despierta y la mira con vergüenza. —¿Me dormí? Perdón.

—¿Estás bien, Javier?

—Sí, todo bien —se levanta para irse.

—Espera —Celina examina sus ojos—. ¿Estás drogado?

—No, ¿por qué? —se ríe nerviosamente.

—Es obvio por tus ojos.

Suena el teléfono de Javier. Lo revisa y su expresión cambia inmediatamente.

—Disculpe, tengo que atender esto —dice mientras se aleja rápidamente—. Es del hospital. Mi tía . . . parece que se ha caído. Tengo que ir a atenderla ahora mismo.

Sin esperar respuesta, Javier toma su chaqueta y sale apresuradamente, dejando a Celina.

~ຽ~

En las semanas siguientes, el comportamiento de Javier empeora. A veces está muy alegre y otras veces, muy agresivo. Más muchachos dejan el centro. Celina busca información sobre grupos de ayuda para personas con adicciones y la comparte con sus alumnos.

Un día, Javier llega a clase pálido, con los ojos rojos. Sale de la clase para vomitar, pero regresa. Al terminar la clase, Celina lo detiene.

—Estoy preocupada por ti, Javier —le dice.

Celina le habla de los grupos de ayuda. Javier trata de evitar su mirada, pero sus ojos se llenan de lágrimas.

—Estoy atrapado —susurra.

—Estoy escuchando —dice Celina con voz suave.

—Es complicado. Me vas a odiar.

Celina se acerca un poco más, mostrando que quiere ayudar.

—No estoy aquí para juzgarte, Javier. Estoy aquí para ayudarte.

Javier pasa una mano temblorosa por su cabello.

—Sergio tiene algo contra mí, algo que hice en Los Ángeles. Y cuando me siento desesperado, él me da . . . me da lo que necesito.

Su voz tiembla mientras habla.

—Quiero dejarlo, pero cada vez que lo intento —sacude la cabeza y mira al suelo—. Por favor, no le digas a nadie.

~ຽ~

Cada vez que Javier intenta mantenerse limpio, Sergio aparece en su camioneta roja.

—Necesito un favor —le dice, dándole una bolsa—. Solo esta vez.

Javier, temblando por la abstinencia, acepta. Le ayuda a olvidar sus dolores: la muerte de su hermana, el abandono de su madre, las cosas malas que hizo. Pero el alivio no dura mucho, y después se siente más avergonzado.

Sergio siempre le recuerda que le debe la vida por ayudarlo a no ir a la cárcel. —Sin mí, estarías pudriéndote en la cárcel.

Lo que más le duele es traicionar la confianza de Sebastián. Sebastián es diferente. Él le ofrece una nueva oportunidad sin pedir nada a cambio.

Un día, Sergio le ofrece dinero a cambio de un gran favor. Javier acepta, pensando que nunca podrá escapar de su adicción. Recuerda el viejo dicho: *O vives para las maras o mueres por las maras.*

Pero las palabras de Celina lo hacen dudar. Ella le dijo que merece una vida mejor, y por primera vez, Javier empieza a creerlo.

La última vez que Sergio le da droga, Javier entiende que Sergio no es diferente de los que destruyeron a su familia. Ambos usan el miedo y la adicción para controlar a los demás. Las palabras de Sergio vuelven a su mente: —Ahora me perteneces.

Javier mira a los niños de Sebastián jugando en el centro: «Mi hermanita Teresa confiaba en mí para protegerla. Esta vez no voy a fallar a los que confían en mí.»

Chapter Twenty-Six

Unos regalos

17 marzo

Aquella tarde, cuando Celina llega a la calle de los Marín, ve algo en la entrada de la casa —una pequeña bolsa de papel.

Con cuidado, se acerca y mira dentro. Hay solo un objeto: un carrito rojo de juguete, idéntico al de Sergio. Tiene una nota: Dile a Sebastián que lo observo.

La mano de Celina se agita cuando lo recoge. Justo entonces, su mirada se desvía hacia un bulto oscuro junto al seto al lado de la puerta. Su corazón da un vuelco al reconocer el pelaje manchado de Chispa, el pequeño perro de la familia Marín. Está inmóvil, su cuerpo rígido, con los ojos abiertos mirando al vacío. Una mancha oscura se extiende bajo él.

—¡Qué horror! —susurra Celina, llevándose una mano a la boca.

Mira alrededor, de repente se siente expuesta en la calle tranquila. El mensaje ahora parece mucho más siniestro con el pequeño cuerpo de Chispa como terrible advertencia.

Cuando entra en la casa, Sebastián trabaja en la mesa del comedor como siempre. Lucía ayuda a los niños con la tarea en la sala.

—Esto estaba en la entrada —susurra Celina, poniendo la bolsa enfrente de Sebastián. Su voz tiembla mientras susurra para no asustar a los niños: —Y Chispa . . . está muerto, junto al jardín.

Sebastián la abre. Cuando ve el carrito de juguete, su cara pierde color. Rápidamente arruga la nota y mete todo de nuevo en la bolsa.

—¿Sergio? —sacude la cabeza, la voz muy baja.

—No, pero vi el carro de Sergio antes. Y Javier estaba con él.

Los ojos de Sebastián se entrecierran. —Entonces, Sergio no está en Costa Rica. —Está callado un momento, luego se levanta y lleva la bolsa a la basura de la cocina.

—Sergio está aquí. Lo he visto varias veces. ¿Pensó Ud. que estaba en Costa Rica? —dice Celina.

—No menciones nada a Lucía o a los niños sobre el juguete o el perro —dice cuando regresa. —Yo me encargaré de lo del perro. Celina, no camines más sola a casa. Llámame y yo iré por ti.

Esa noche, Celina nota que Sebastián revisa todas las cerraduras dos veces antes de acostarse. Desde su ventana, lo ve salir cerca de la medianoche, mirando alrededor de la casa como un guardia, con una pala en la mano.

Celina llama a Johanna. Su voz tiembla de emoción.

—Hermana, creo que he encontrado mi vocación.

—¿De qué hablas? Pensé que odiabas estar allí.

—Yo también lo pensaba —Celina se sienta en el borde de su cama y contempla la ventana abierta, donde la brisa nocturna agita suavemente las cortinas—. Pero hoy . . . hoy he visto algo extraordinario. He visto la posibilidad de la transformación frente a mis ojos. Es como presenciar un milagro.

—Suenas diferente —dice Johanna. —No te reconozco.

—Me siento diferente. Cuando Javier me contó su historia —Celina pausa—. ¿Recuerdas cuando me dijiste que a veces tenemos que tambalearnos para encontrar nuestro equilibrio?

—Sí.

—Creo que ahora entiendo. Todas mis amigas en Barcelona están aprendiendo sobre negocios internacionales. Pero yo estoy aprendiendo sobre el alma humana.

Johanna sonríe al otro lado de la línea. —¿Y los peligros? ¿Sergio Luna?

—Hay riesgos, sí —admite Celina—. Y hoy encontré algo horrible. Encontré a Chispa, el perrito de los Marín, muerto. Y había un mensaje amenazante para Sebastián. Creo que fue Sergio.

—¡Madre mía, Celina! Eso es muy serio —la voz de Johanna refleja preocupación genuina—. Deberías volver a casa.

—No puedo hacerlo, no ahora —Celina se levanta y camina hacia la ventana, mirando la oscuridad del exterior—. Por primera vez en mi vida, siento que estoy haciendo algo que importa. Algo más grande que yo, que mis miedos. Y voy a ayudar a Javier, cueste lo que cueste. Ahora entiendo que algunos caminos, aunque peligrosos, son los únicos que valen la pena recorrer.

—Pero matar a un perro . . . —susurra Johanna—. Esa gente es peligrosa de verdad.

—Lo sé —responde Celina, su voz firme a pesar del temblor en sus manos—. Sebastián ya está tomando precauciones.

Chapter Twenty-Seven

Encuentro en el mercado

18 de marzo

El mercado bulle de actividad. Celina acompaña a Lucía entre los puestos coloridos, ayudándola con las compras. Se detienen frente a un vendedor de frutas.

—¿Le gustan las manzanas? —pregunta una voz familiar.

Celina se gira para encontrarse con Sergio, vestido como cualquier otro vendedor, con delantal y gorra.

—¿Sorprendida? —le ofrece una manzana—. La vida está llena de encuentros inesperados.

Mientras Lucía habla con otro vendedor, Sergio se inclina hacia Celina.

—Dile a Sebastián que conozco sus rutinas. Sus horarios. Sus secretos. Solo tiene un día más.

Cuando Lucía regresa, Sergio ya no está. En su lugar, un vendedor completamente diferente atiende el puesto.

—¿Compraste algo? —pregunta Lucía.

Celina mira la manzana en su mano. Al girarla, descubre una pequeña serpiente tallada en la piel roja.

***

Por la tarde, Sebastián sale del centro. Hoy tiene que ir al banco para depositar las donaciones que recibió esta semana. Sebastián camina por las calles del barrio, pensando en todo el trabajo que tiene que hacer.

De repente, Sebastián ve el carro rojo cerca del mercado. Lo reconoce inmediatamente. Cambia de dirección y camina hacia el carro. Esta vez no va a huir. Esta vez quiere respuestas.

Sergio está junto al carro. Habla con un joven. Sebastián reconoce al joven del centro. El joven recibe dinero y sale rápido cuando ve a Sebastián.

Sergio se para en medio de la calle, las manos en las caderas, una sonrisa falsa. —Es el gran Sebastián Marín. ¿Vienes a darme el código?

—¿Qué quieres realmente, Sergio? —pregunta Sebastián, manteniéndose lejos—. No es solo por el dinero. Nunca has necesitado dinero.

Sergio se apoya contra el carro con indiferencia. —Quizás solo quiero lo que es mío. Lo que siempre debió ser mío.

—¿El bitcoin? No es tuyo.

—No hablo del dinero —Sergio da un paso hacia él—. Hablo de tu vida. La que me robaste a mí.

Sebastián niega con la cabeza. —Estás loco. Yo no te robé nada. Tú tenías todo: familia, dinero, oportunidades. Yo no tenía nada.

—¡Mentira! —grita Sergio y la gente mira—. Tú entraste en mi casa, en mi vida, y te llevaste todo. Mi madre te quería. Mi padre te respetaba. Lucía te eligió a ti.

Algunas personas se detienen para mirar. Sebastián ve que algunos son jóvenes del centro.

—Esto no tiene sentido, Sergio. Han pasado muchos años.

—El tiempo no borra la deuda —Sergio se ríe con amargura. —¿Sabes qué es lo peor? Que todos creen que sos bueno. El gran ayudante de jóvenes con problemas. Si supieran lo que hiciste . . . Si supieran tu papel en la muerte de Romero.

Sebastián se pone pálido. —Mientes —dice, pero sin confianza.

—¿Por qué nunca te buscaron después? —Sergio se acerca más—. Porque yo guardé tu secreto. Durante años lo guardé, esperando el momento perfecto.

Sebastián da un paso atrás, buscando apoyo en una pared. —¿Por qué ahora? ¿Por qué después de tanto tiempo?

—Porque ahora tienes mucho que perder. Tres nietos adorables. Una buena reputación. Un centro que es tu orgullo —Sergio señala a los jóvenes que miran—. Seguidores que te admiran. Todo puede desaparecer, Sebastián. Con una palabra mía.

Camina hacia su carro y abre la puerta. —Piensa en eso mientras decides si me das lo que quiero —dice antes de entrar—. El tiempo pasa. Mañana lo espero.

El carro se va, dejando a Sebastián sin moverse, sintiendo los ojos de la gente sobre él. Entre ellos ve a Javier, que lo mira con una expresión difícil de entender antes de desaparecer entre la multitud.

Chapter Twenty-Eight

Un domingo largo

19 de marzo, 11:00 a.m.

Es domingo. Al salir de la catedral, el reloj de la plaza marca las once de la mañana. El sol ya calienta las calles de San Salvador. Después de la misa, todos caminan hacia la casa.

—¿Qué comemos hoy? ¿Les preparo unas riguas? —pregunta Lucía.

—¿Riguas? —pregunta Celina—. ¿Qué son?

—¿Nunca has comido riguas? —Teófilo juega con su camión de juguete—. ¡Te van a gustar!

—¡Entonces comemos riguas hoy! —dice Lucía.

Suena el teléfono de Lucía. Es Sebastián.

—No voy a estar cuando lleguen. Tengo una reunión con Cristián Luna y el padre Roberto.

—¿En domingo? —pregunta Lucía.

—Sí, es urgente —dice Sebastián—. Quieren reunirse ahora.

Celina mira alrededor y nota un hombre con gorra que parece estar fotografiando la catedral, pero en realidad los está enfocando a ellos. Cuando cruzan la calle, ve que guarda su teléfono y hace una llamada breve. El teléfono de Lucía suena otra vez. Es una llamada de su trabajo.

—¡Qué raro! —dice Lucía, mirando el número—. Nunca me llaman los domingos.

Lucía habla por teléfono. Parece preocupada. Después, dice a sus nietos y a Celina:

—Me necesitan Sebastián y señor Cristián Luna. Tiene que ver con el centro. Debo volver a casa en una hora. ¿Te puedo dejar con los chicos?

Celina dice —No se preocupe, señora. Yo llevo a los niños a comer y luego por helado o al parque.

Lucía busca en su bolso y saca un fajo de billetes. Con un gesto de sincera gratitud, extiende su mano hacia Celina. —Gracias, Celina. Me has ayudado mucho más de lo que imaginas.

Celina suavemente empuja la mano de Lucía hacia atrás. Una sonrisa cálida ilumina su rostro. —No, gracias —dice con firmeza amable—. Yo los invito.

El reloj marca las 11:30 a.m. cuando finalmente se despiden. Lucía abraza a Celina con fuerza, un gesto silencioso que comunica más que las palabras.

—Hasta pronto —murmura Lucía antes de separarse.

Con pasos ligeros, camina hacia la avenida y levanta la mano. Un taxi amarillo se detiene junto a la acera. Lucía mira a Celina, sonríe y desaparece en el interior del taxi que se aleja rápidamente.

El hombre sigue observándolos desde que salieron de la iglesia. Esta persona se alegra de ver que Celina esté solita con los niños.

Celina mira a los chicos y pregunta: —¿Qué hacemos primero? Tenemos toda la tarde.

—¡Vamos por riguas! —grita Teófilo.

—¡Riguas! —afirma Celina.

Celina y los niños van a un restaurante. El cocinero les ofrece tortas fritas de maíz con queso y crema. Mientras comen, el hombre los continúa vigilando con binoculares. Es Sergio. Está considerando cuidadosamente sus opciones.

Cuando terminan de comer, Teófilo dice: —Ahora vamos por helado.

Celina dice—Primero vamos al parque.

Sofía mira hacia el suelo y suspira. —En el parque siempre jugábamos con Chispa. ¿Creen que nos extrañe tanto como nosotros a él?

—Seguro que sí —murmura Óscar—. Él siempre corría detrás de mi pelota. El parque no es lo mismo sin él.

Los niños intercambian miradas tristes y Sofía saca del bolsillo una cinta roja desgastada.

—Era su favorita —la acaricia con sus pequeños dedos—. La llevo conmigo para no olvidarlo.

Son las dos de la tarde. Después del parque, Sofía pregunta si pueden ir al centro.

—Papá casi nunca nos lleva al centro. Quiero ver tu clase. ¡Yo quiero ser maestra también!

—¡Buena idea! Vamos a jugar a la escuela —dice Celina.

Celina y los niños caminan hacia el centro. Celina carga a Teófilo en la espalda. Ella tiene dificultad con Teófilo, su camión de juguete, su brazo con yeso y la mano de Sofía.

—Óscar, ¡toma la mano de Sofía! —dice Celina.

—¡Carro rojo! —dice Teófilo, señalando un carro rojo con su juguete. —¡Como el mío!

Sergio mira a Celina con una sonrisa malvada.

—¡Vamos corriendo! —dice Celina.

El carro los sigue lentamente. Sergio baja la ventana del carro. *¿Los niños o la americana? Sacar a la americana le puede meter a Sebastián en líos a nivel internacional. Más publicidad.* No puede resistir.

—Celina, ven, tengo una pregunta —dice Sergio.

Celina lo ignora.

—¡Celina! —Sergio canta su nombre—. ¡Ven o voy por ti!

Celina camina más rápido. Sergio acelera el carro y lo para frente a ellos.

—¡Te dije que vinieras! —baja del carro y agarra el brazo de Celina. Teófilo se cae y llora. Sofía se aferra al brazo de Celina.

—¡Déjanos en paz! —dice Celina. —¡Vete!

—No me hables así. —Sergio mete a Celina en el asiento trasero de su carro, ata su mano y la asegura con el cinturón.

—¡Suéltame! ¡No puedo dejar a los niños! —Celina llora—. Niños, vayan al centro y llamen a sus padres. Rápido.

Sergio sube al carro y acelera. Pone música y canta. —*Voy a reír, voy a bailar, vivir mi vida, la la la . . .*

Sergio está contento. Siempre ha sido su hermano quien tiene éxito. Ahora le toca. Cristián pensó que ser gerente de un hotel en Costa Rica le haría feliz. ¡No señor! Tiene planes para los cincuenta mil dólares de bitcoin: comprará una casa en la playa y vivirá tranquilo, con un negocio de tatuajes. Por supuesto, seguirá atormentando a Sebastián. Ya es su pasatiempo favorito.

—Niña, trataste de quitarme a mi amigo Javier —la mira Sergio por el espejo retrovisor.

—No te quité nada. Javier vive por sí mismo —dice Celina sin miedo.

Sergio no sabe exactamente qué quiere hacer con Celina. Todo lo que hace sufrir a Sebastián es bueno. Por fin dejará de escuchar: "Sebastián me cambió la vida", "Sebastián me ayudó." Hoy Sebastián comienza a pagar.

Chapter Twenty-Nine

El despacho de Sergio

19 de marzo, 3:15 p.m.

La tatuajería La Serpiente se ubica en una calle estrecha del barrio La Candelaria, unos tres kilómetros del centro de rehabilitación. *«La serpiente siempre morderá»* está escrito sobre el umbral de la entrada de la tatuajería. Sergio estaciona su carro rojo mientras tararea, moviéndose a ritmo invisible. Saca a Celina del carro y la empuja hacia su despacho.

—Ven, hija. No te preocupes. Afortunadamente, estoy de buen humor. Aquí tiene una linda vista.

Sergio coloca a Celina en una silla enfrente de unos acuarios alineados en la pared. Dentro hay serpientes que se deslizan suavemente, entrenadas para morder cuando Sergio lo ordena.

— Saluda a mis compañeros.

Las serpientes que Sergio guarda en su oficina no son solo una colección. Representan un mensaje, un castigo y una forma calculada de vengarse. Su veneno está preparado para causar mucho dolor sin provocar la muerte inmediata.

—Mis mascotas son muy especiales. Mis serpientes. Me han ayudado mucho en el pasado. Pregúntale a la hija de Sebastián.

El rostro de Celina refleja confusión genuina.

—¿Su hija? ¿La que murió?

—Sí. Casandra y su esposo. Una tragedia, ¿no? —Sergio guiña un ojo—. Qué extraño que murieran por mordeduras de serpiente en su propia casa, ¿verdad? Nadie nunca sospechó nada. Ni siquiera Sebastián.

Celina siente un escalofrío real recorrer su espalda. Este hombre ya no parece simplemente desagradable; es un asesino.

Una vibración interrumpe el movimiento hipnótico de los reptiles. Celina se sobresalta cuando el bolsillo de su pantalón zumba. Los ojos de Sergio se iluminan, abandonando momentáneamente su fascinación por sus mascotas. Sus dedos, que segundos antes acariciaban el vidrio del acuario más grande, ahora se acerca a Celina y saca el celular de su bolsillo.

—¿Modelo 16? ¡Bárbaro! Gracias. Yo necesitaba un celular nuevo.

Mientras Sergio le ata la mano y el yeso, silba una melodía placentera.

Celina piensa en cuando su hermano Lucas fue detenido en México. No pudo escaparse. Cuando volvieron a casa, Lucas se puso a aprender todo lo posible sobre cómo escaparse de una situación así. Celina recuerda los consejos del video explicando cómo escaparse.

Sergio ata el tronco y luego los pies a las patas de la silla tirando fuerte de la cuerda. Al terminar, Sergio se pone las manos en las caderas. Él mira a Celina y sonríe, satisfecho. El único problema es el maldito bitcoin. ¿Cómo sacar el código de Celina? No tiene mucho tiempo.

—Ahora —hace un ademán exigente con la mano—. ¿El código para el bitcoin?

Celina fija la vista en él sin decir nada. Celina piensa en todo lo que le dijo Johanna sobre la psicología del criminal. Un criminal intenta establecer el control emocional sobre su víctima para mantenerla sumisa y asustada. Celina decide actuar de una manera aparentemente indefensa e interesada en su captor para manipular sus emociones.

—Usted fue al partido de fútbol. ¿Cuál es su equipo preferido? —pregunta Celina.

—Obviamente, Alianza.

—¿Ud. juega?

—Claro que sí.

—¿Qué posición?

—Delantera. Y tú juegas muy bien . . . por una chica. Por este partido, logré conseguir tu collar de cruz. Pero no vale mucho.

— Ud. es muy inteligente. La cruz no vale mucho, pero fue un regalo de mi abuelo—dice Celina. —¿Cómo sabía Ud. del partido?

—Tengo mis aliados en el centro. Javier y otros escuchan por mí. Fíjate niña, si hubieras cooperado conmigo desde la primera vez que te vi en el parque, podrías haber salvado a tu pobre amigo Sebastián de tantas complicaciones. Y ahora sus chicos perdidos. Y la sorpresa en el centro. —Sergio chasquea la lengua.

—¿Sorpresa? —Celina hace una mueca de terror, así como debe la víctima.

Sergio se ríe sarcásticamente.

—Sí, dejamos una sorpresa en el centro. Para Sebastián. Por haberme arruinado la vida. Tú no conoces al verdadero Sebastián y todo lo que me ha hecho a mí. ¿Tú sabes que Sebastián me robó la novia, Lucía?

El reloj de pared marca las 3:45 p.m. mientras él recoge su pasaporte y un boleto para su vuelo a Costa Rica. Celina nota que el boleto es para Aerolínea Centroamericana. Frunce el ceño, pero en seguida vuelve a chiflar y tararear. Abre una maleta y saca una peluca color gris. Se la pone. Luego pone un bigote color negro y unos lentes gruesos negros. Parece otro. Parece al padre Roberto. Se mira en el espejo con satisfacción.

—Tu última oportunidad de darme el código del bitcoin —exige Sergio. Se para delante de ella y cruza los brazos. —O las serpientes conocerán a una nueva amiga.

Celina se esfuerza por controlar sus emociones y mantener la calma, esperando crear confusión en la mente de Sergio. Celina alterna entre el miedo y la aparente tranquilidad. A la vez, es difícil para Celina no reírse al disfraz ridículo de Sergio.

—El problema, Sr. Luna, es que no lo tengo. No sé cómo funciona el bitcoin. Perdí el código. Se lo juro.

—¿Me lo juras? No soy tonto. Dámelo. De una vez. O te vas a arrepentir.

El video decía que era importante prestar atención a los detalles. Celina escudriña los detalles de la oficina. Hay una foto de un perro.

—¿Es su perro? ¿Cómo se llama?

—Es mi perro Thor —los ojos de Sergio lagrimean—. Está en Los Ángeles.

—Me encantan los perros. ¿Qué tipo es?

—Es un Rottweiler. Era mi mejor amigo. Sabes que una vez . . . — Cuenta una historia de la fidelidad de Thor mientras Celina mira la oficina desesperadamente, tratando de comprarse más tiempo.

Cuando termina la historia de Thor, Celina cuenta una historia sobre su perro, Maddie. —Yo también amo a los perros —Celina sonríe—. Y comprendo cómo es perder a un amigo-perro.

Sergio se siente desarmado ante la amistad inesperada de la chica. —Si Thor estuviera aquí, yo estaría mucho más tranquilo. Imagínate, si estuviéramos en Los Ángeles, podríamos ir al parque de perros juntos. No tenía muchos amigos en California. De hecho, no tengo muchos amigos aquí.

Con sus conversaciones sobre la psicología humana con Johanna, Celina recuerda la necesidad de Sergio de sentirse valorado y amado.

—Yo sería su amiga —a pesar del asco, Celina sinceramente se siente triste por este señor malvado. —Sergio, ¿me libras? Tendríamos una vida linda juntos. Podríamos comenzar una nueva vida lejos de la violencia y el sufrimiento.

Sergio, afectado por la manipulación psicológica y abrumado por la emoción, parece frágil. —¿En serio? Nadie me quiere. Ni mi familia.

En este momento, suena el teléfono de Celina. El timbre le despierta de su estupor. Sergio mira la pantalla y dice: —Es una fulana Johanna.

Celina dice: —Es mi hermana.

Sergio contesta: —Celina está ocupada.

Cuelga y hace una llamada. —Hola . . . Perfecto . . . En el centro . . . — Pausa, escucha, y asiente con la cabeza. —Estaré en diez minutos.

Manda un texto desde el celular de Celina. Se da vuelta y agarra la cara de Celina en las manos. Rechina los dientes. Muy despacio, pronuncia —No tengo tiempo para jugar. Dame el código. Tengo prisa.

—Pero ¿no me ibas a soltar? Tenemos un lindo futuro juntos.

Sergio mira el reloj. —Primero el código.

—Le digo en serio. No lo tengo. He estado buscando desde que llegué. No pude encontrarlo.

—¿Sabes qué? Cuando lo tengas, llámame. Sabes mi número —sonríe, sosteniendo su celular.

—¡Sergio! Mi cruz tiene mucho valor sentimental. ¿Podemos hacer un arreglo?

—¿Un arreglo? Buena idea, aquí hay un arreglo.

Sergio mete un pañuelo en la boca de Celina. Celina se estremece.

—Niña, el código por la cruz.

Chapter Thirty

La sorpresa

19 de marzo, 4:00 p.m.

*D*IECIOCHO HORAS PARA LA SORPRESA.

Los números se burlan de Sebastián desde el texto. ¿Por qué Celina le mandaría tal mensaje? Son las cuatro de la tarde. Dieciocho horas serían las diez de la mañana. Mañana. El lunes. ¿Qué sorpresa?

Mientras conduce hacia el centro, su teléfono suena. Es Celina.

—Hola Celina. ¿Dónde están los chicos? ¿Y qué significa el texto?

Responde la voz de Sergio. —Dieciocho horas. ¿Estás listo para perderlo todo? ¿Otra vez?

—Estoy tratando de conseguirte lo que quieres —Sebastián agarra el volante con más fuerza—. Pero no puedo encontrar a Celina. ¿Por qué tienes su teléfono?

—Porque está conmigo —la risa de Sergio es fría—. Ella afirma que no tiene el código. ¿Está mintiendo, Sebastián? ¿O ambos están jugando conmigo?

—Déjame hablar con ella —Sebastián trata de mantener su voz calmada, aunque el pánico sube por la garganta.

Después de un momento de silencio, la voz de Celina llega, temblando, pero desafiante. —Sebastián, ¡no le des nada! Estamos en el salón de tatua—

Su voz se corta con un grito ahogado.

—Chica con espíritu —Sergio, volviendo a la línea—. Una lástima lo que le pasó a tu hija. Todas esas mordeduras de serpiente. Teófilo es aún más joven, más vulnerable.

—¡No los toques! —grita Sebastián.

—Entonces consígueme mi código. Dieciocho horas. Después de eso, envío mis serpientes a su nuevo hogar. Tienen hambre, Sebastián. Mucha hambre.

La línea se corta.

Sebastián desvía el carro a un lado de la carretera, respirando pesadamente. Dieciocho horas para salvar a Celina. Para salvar a sus nietos. Y aún no tiene idea de dónde podría estar el código de Bitcoin.

Marca al padre Roberto.

—Sergio tiene Celina —dice Sebastián cuando el sacerdote contesta—. Y va a ir por los niños después. Tengo que encontrar a mis chicos. Revisa la habitación de Celina. ¡Necesitamos el código!

—¿Otro arreglo? —Sergio se dirige a un acuario y deja caer la cruz dentro. Celina puede ver parte del interior donde varias serpientes de cascabel se agitan, alertadas por la presencia humana. Deja abierto el acuario.

—Mis pequeñas tendrán que esperarte. Cuando tengan hambre, te buscarán —dice Sergio—. Tengo asuntos que atender primero.

Sergio sale de la oficina, cerrando la puerta con llave. Las serpientes fijan la vista en Celina, retorciéndose y gesticulando con avidez.

～ፚ～

Celina comienza a aflojar las cuerdas. Cuando Sergio le ataba, ella expandió el pecho tanto como pudo. Aparentando estar pasiva, Celina le ofreció la mano y el yeso, separando los brazos para crear otra holgura en la cuerda. Así sería más fácil escaparse. Sergio le ató las muñecas juntas sin darse cuenta de lo que Celina hacía. Sergio es un verdadero amateur.

El sonido de cascabeles de las serpientes se intensifica mientras ella lucha con las ataduras. Poco a poco Celina se deshace de las cuerdas de las manos. Pasan cinco, quince, treinta minutos. El reloj en la pared dice cuatro y quince. Mira al escritorio de Sergio. Hay unas tijeras, pero no las puede alcanzar. Las cuerdas del torso se aflojan más fácilmente, pero le resulta difícil desenredar el nudo con una sola mano. Celina siente un sudor frío recorrer la espalda y su corazón martillea contra su pecho al imaginar a los niños desamparados en la calle. Su respiración se acelera con la preocupación mientras batalla con el resto de las cuerdas. Desata las cuerdas de los pies con una sola mano y tarda. Tarda, pero por fin se libra.

Los niños están solos casi una hora. Tiene que llamar a Sebastián o Lucía. Hay un teléfono sobre el escritorio de Sergio. Levanta la bocina, pero no hay tono. Tampoco sabe los números de memoria. La puerta de la oficina está cerrada con llave. Busca desesperadamente los cajones hasta encontrar un juego de llaves que, después de varios intentos, logra abrir la cerradura. Tampoco hay teléfono en el estudio.

Celina vuelve a la oficina y busca cualquier evidencia o pista que pueda ayudar a la policía a seguirlo. Mira a sus alrededores. Las víboras sacuden los cascabeles sin sacar los ojos de ella. ¿Cuántas habrá? Parece veinte, treinta. Rápido, revisa los papeles en el escritorio. Descubre un plano del Centro de la Reforma con marcas rojas en varias ubicaciones. Al lado hay notas detalladas y un cronograma escrito a mano: *Dispositivos de ignición programados: 10:00 hrs.* Un nudo se forma en la garganta cuando lee la siguiente línea: *Bloqueo de salidas: simultáneo.* Abre los cajones del archivador y no hay nada más que desperdicios. Revisa los estantes y la papelera. No hay nada.

Mueve los muebles. Luego, en el rincón, tras la planta muerta y empolvada, hay una caja fuerte de metal. Tiene un candado pequeño. Celina levanta la caja y el plano y sale a la calle con ella.

Tiene que encontrar a los niños y advertir a Sebastián. Está momentáneamente desorientada. A lo lejos ve la catedral. Desde allí puede ubicarse para llegar al centro o a casa de los Marín.

Mientras corre, recuerda algo que dijo Sergio: *Sorpresa en el centro.* El plano, las marcas rojas . . . ¿Sergio planea incendiar el centro y bloquear todas las salidas? ¿Estarán los niños todavía en el centro?

Chapter Thirty-One

Noventa minutos para vivir

domingo, 19 de marzo, 4:00 p.m.

Javier camina nervioso por el centro vacío. Es domingo y no debería haber nadie, pero Sergio le dijo que viniera hoy para programar su *sorpresa*. Las cerraduras del centro habían sido manipuladas tantas veces que ya casi no funcionaban. Javier las arreglaba, pero siempre aparecían dañadas de nuevo. Sebastián no sabía que Javier mismo había hecho copias de las llaves para Sergio. En sus momentos de adicción, las entregó a cambio de sus pequeños paquetes.

Sergio tenía otros cómplices. Algunos muchachos que abandonaron el centro por su oferta de mejor pago le informaban sobre los horarios, las rutinas, los puntos débiles del edificio, su familia y Celina. Lleva un maletín en la mano y lo deja en el cuarto de mantenimiento, justo donde Sergio le indicó.

Le tiemblan las manos. La falta de drogas le afecta, pero aún más le pesa lo que está haciendo. Sergio le prometió diez mil dólares. Con ese dinero, podría empezar una nueva vida lejos de El Salvador, lejos de las pandillas, lejos de su pasado.

El maletín tiene el sistema que controla los explosivos que puso en el edificio durante la semana. Son pequeños pero muy potentes, y están escondidos detrás de muebles, en los ductos de ventilación y cerca de cosas que se queman fácilmente. Aunque Javier aceptó el soborno de Sergio, en un momento de claridad decidió modificar el plan.

--~~--

En vez de programar la sorpresa para el lunes cuando el centro estaría lleno de gente inocente, Javier la programó para el domingo cuando nadie estaría allí. No puede negarse completamente a Sergio — su adicción y el miedo eran demasiado fuertes — pero tampoco puede vivir con la culpa de matar a sus compañeros. Al menos así, pensó, destruiría solo el edificio. Podría recoger el dinero de la caja fuerte esa noche y desaparecer antes de que Sergio descubriera el cambio. Es un compromiso cobarde, lo sabe, pero es lo mejor que podía hacer en su estado de desesperación.

La pantalla del dispositivo muestra una cuenta regresiva: 1:25:47. A las cinco y media, el centro se incendiará.

Lo peor son las cerraduras. Siguiendo las instrucciones de Sergio, Javier puso candados eléctricos en todas las puertas. Cuando empiece el fuego, las puertas se cerrarán y nadie podrá salir.

Sergio fue muy cuidadoso al diseñar el sistema. Si alguien intenta apagarlo antes de tiempo, los explosivos se activarán de inmediato. Además, las puertas tienen baterías independientes, así que seguirán cerradas, aunque se corte la luz, al menos seis horas.

Javier revisa todo una última vez. Todo está conectado bien. Una luz verde parpadea en el dispositivo, señal de que está activo. La caja negra tiene varios cables que van a diferentes partes del edificio. Un pequeño teclado con una pantalla muestra la cuenta regresiva.

De repente, escucha un ruido. Se asoma al pasillo y ve que la puerta principal está abierta. Se acerca con cuidado y oye voces. ¡Son voces de niños! ¿Niños? ¿En domingo?

Se queda quieto. Son los nietos de Sebastián. Teófilo está llorando.

—¿Dónde está mi camión?

—¿Por qué están aquí? —pregunta Javier, incrédulo, sintiendo miedo.

—¿Quién eres? —pregunta Sofía, protegiendo a sus hermanos con su pequeño cuerpo.

Teófilo llora más fuerte. Javier mira su reloj con horror. Faltan menos de noventa minutos para que el edificio se queme con las puertas cerradas.

—¿Dónde están sus padres? —pregunta, tratando de sonar tranquilo.

—No sabemos —dice Óscar—. Estábamos con Celina, pero se fue con un señor.

—¿Celina los dejó solos? ¿Quién era el hombre?

—El hombre malo. En un carro rojo. El calvo —contesta Óscar.

¿Sergio? ¿Celina está con Sergio? ¡Qué horror!

—¡Mi camión! —llora Teófilo.

—Lo encontraremos —Sofía abraza a su hermanito.

Al verla cuidar de su hermano, Javier recuerda a su niñez, cuando protegía a su hermanita Teresa. Algo en su corazón cambia. ¿Cómo llegó a hacer algo tan horrible?

Sebastián, a pesar de todo, siempre quiso ayudarlo. ¿Y él cómo le paga? Poniendo en peligro a sus nietos. Destruyendo su centro. ¡Qué vergüenza!

Está atrapado en un dilema terrible. Si intenta apagar el sistema ahora, los explosivos se activarán. Si espera, tiene tiempo de sacar a los niños, pero el edificio se destruirá igual.

—Niños, me llamo Javier. Trabajo con su abuelo aquí en el centro. ¿Saben cómo regresar a casa?

Los niños lo miran con desconfianza.

—Sí ... creo que sí —responde Sofía.

—Vamos, tienen que salir de aquí. Es peligroso quedarse.

—¡Mi juguete! —protesta Teófilo, corriendo hacia dentro.

—No hay tiempo —Javier lo carga en brazos y lo lleva hacia la puerta mientras el niño se queja.

Javier camina con los niños dos cuadras hasta una esquina y les indica cómo llegar a su casa.

—Son ocho cuadras y luego giran a la derecha donde está el Tianguis del Sol. Conocen su calle, ¿verdad?

—Sí —Sofía toma las manos de sus hermanos.

Javier espera para asegurarse de que van bien. Los niños se giran para mirarlo una vez más. Javier les hace una señal para que se apuren.

Cuando los niños desaparecen en la esquina, Javier corre de regreso al centro. Debe encontrar la forma de apagar el sistema o, al menos, desbloquear las puertas antes de que sea demasiado tarde. Si no puede detener el fuego, al menos puede darles a Sebastián y a cualquiera que entre la oportunidad de escapar.

Chapter Thirty-Two

Enfrentamiento en el centro

19 de marzo, 4:45 p.m.

Sebastián llega al centro, el corazón latiendo aceleradamente. La puerta principal está abierta. Otra vez. Pensó que lo había arreglado. ¿De qué sirve la alarma? Pasa de un cuarto a otro, gritando:

—¡Niños! ¿Están aquí? ¡Sofía! ¡Teo! ¡Óscar! ¿Dónde están?

Todo parece normal, pero hay algo inquietante en el silencio. En la clase de Celina, encuentra el camión de juguete de Teófilo. Su nieto nunca abandona ese querido juguete voluntariamente.

—¡Chicos! ¡Socorro!

Se arrodilla, sosteniendo el camión con manos temblorosas. La sensación de impotencia lo inunda, el mismo sentimiento que tuvo cuando perdió a su hija Casandra. Apenas registra el sonido de la puerta del centro abriéndose y cerrándose nuevamente.

—¡Javier! ¡Javier! ¿Dónde estás? —grita la voz de Sergio.

Sebastián se incorpora rápidamente y se dirige hacia la entrada. Ve a un hombre que parece el padre Roberto, pero algo no encaja.

—Tú, ¿qué haces aquí? ¿Dónde están mis nietos? —exige Sebastián, reconociendo a Sergio bajo el disfraz.

Sergio se encoge de hombros. —No sé. Los vi solos en la calle hace una hora o más.

—Puedes jugar conmigo, pero no te metas con mis nietos. ¿Dónde están?

—No me meto con tus nietos. Por allí los vi —Sergio señala vagamente.

—No juegues —Sebastián avanza amenazadoramente.

Sergio se inspecciona las uñas.

—Cuánto me hace falta una manicura.

—Vas a pagar. Ya verás —Sebastián intenta salir para encontrar a sus nietos.

—No te vayas. Vete a tu oficina. Tenemos unos negocios pendientes —Sergio le bloquea el paso.

—Voy por mis nietos. No me detengas.

Sergio extrae un arma y la apunta hacia Sebastián.

—¿Oh sí? Si no tienes tu vida, no puedes encontrar a tus nietos.

Sebastián se da vuelta lentamente, la desesperación visible en su rostro.

—Sergio, ¿qué quieres de mí? Después de tantos años, ¿por qué sigues persiguiéndome?

—Tú me arruinaste la vida. Si no fuera por ti, mi vida habría salido muy diferente. Tú representas todo lo que mi familia admiraba —dice Sergio, su voz vibrando de resentimiento. —El huérfano que se redimió. El soldado que se transformó. Cristián siempre te ponía como ejemplo. *¡Mira a Sebastián!*, decía. Como si yo no pudiera hacer nada bien.

Se acerca, sus ojos brillando.

—Voy a destruir tu imagen. Voy a mostrarle a todos, especialmente a mi familia, que vos no sos un héroe. Sos un fraude. Y yo seré quien lo demuestre.

Sebastián retrocede un paso y un sudor frío le recorre la nuca.

—Sólo quiero proteger a mis nietos. Celina perdió el código del Bitcoin.

—No me importa tu Bitcoin —se ríe amargamente. —Quiero tu destrucción. Quiero probar que no soy el hermano fracasado. Quiero que mi familia, por una vez, me mire a mí.

〜〽〜

Sergio conduce a Sebastián a su oficina, obligándole a sentarse. Con un manojo de lazos que trajo de su oficina, ata las manos de Sebastián detrás de la silla, y luego sus pies y piernas. Al igual a Celina, le mete un trapo en la boca. El mal no tiene creatividad.

—Para que sepas, hay una sorpresa especial que pronto descubrirás. Tú, que amas tanto a tu centro, vas a ver cómo se destruye.

Los ojos de Sebastián se abren con horror. Sergio sonríe.

—¿Recuerdas a mi sobrino? ¿El ingeniero en sistemas? Gracias a él y a Javier —continúa Sergio cuando le quita momentáneamente el trapo de la boca a Sebastián. —Diseñaron algo especial para ti. A las diez de la mañana, todo este lugar se convertirá en un horno. Y tú que tanto amabas a tu hija, pronto la acompañarás. Pero tu muerte no será como la de ella.

— Tú mataste a mi hija —susurra Sebastián, el rostro pálido.

—Digamos que los accidentes domésticos pueden ser diseñados —responde Sergio con una sonrisa cruel—. Casandra era tan confiada. Abrió la puerta a un técnico que nunca había llamado. Su marido intentó ser un héroe. Qué lástima que ambos fallaran.

Sebastián queda inmóvil, temblando. El color abandona su rostro mientras la terrible comprensión lo golpea. Sergio, su enemigo de toda la vida, había asesinado a su única hija.

—Eres un monstruo —susurra Sebastián.

—No. Solo soy alguien que cobra sus deudas —responde Sergio, volviendo a colocar el trapo en la boca de Sebastián. —Ahora, debo irme. Mi vuelo sale pronto. Disfruta de tus últimos momentos. Falta poco para que comience el espectáculo.

Sergio sale, dejando a Sebastián luchando contra sus ataduras.

Chapter Thirty-Three

Entre la espada y la pared

domingo, 19 marzo 5:00 p.m.

Javier regresa al centro, decidido a trabajar en una solución. Al entrar, nota el carro de Sebastián estacionado fuera. ¿Sebastián está aquí? Al acercarse a la entrada, se topa con Sergio.

—¿Dónde has estado? —pregunta Sergio—. Llegó Sebastián.

—¿Por qué está aquí?

—Buscando a sus nietos. No te preocupes. Lo dejé amarrado a su silla. En la oficina. No nos molestará. Será el invitado de honor en nuestra pequeña fiesta flamante.

Él no sabe que puse el temporizador de la bomba para hoy, piensa Javier. *No puedo dejar morir a Sebastián. Tengo que apagar la bomba.*

—¿Vas a mi oficina para recoger tu pago?

—Sí, en seguida —responde Javier.

—Vas a encontrar a Celina allí, así que ten cuidado con las víboras. Pero no importa. Recoge la caja fuerte y cierra bien. Quédate con las llaves para cuidar a las víboras. Feliz vida, compañero.

Sergio sube a su carro y se despide con un gesto de la mano.

———

Cuando está seguro de que Sergio se ha ido, Javier entra rápidamente al centro. Corre hacia la oficina de Sebastián y lo encuentra atado a la silla, luchando desesperadamente.

Clic . . . clic . . . clic . . . El temporizador dice treinta minutos más.

—Sr. Marín —le quita el trapo de la boca—. Lo siento tanto.

—¡Javier! ¿Dónde están mis nietos? —exclama Sebastián.

—Los encontré y los envié a casa. Deberían estar a salvo ahora —responde Javier mientras trabaja en las ataduras—. Pero tenemos un problema mucho mayor.

—¿Qué sucede?

—Sergio me pagó para instalar dispositivos incendiarios por todo el centro —explica, la vergüenza evidente en su voz—. Se activarán automáticamente a las cinco y media. Y hay más: cuando comiencen los incendios, todas las salidas quedarán bloqueadas.

—¿Qué? —Sebastián lo mira con horror—. ¿Por qué harías algo así?

—Necesitaba el dinero para escapar. Para empezar de nuevo. Estaba desesperado. —Javier se hace más pequeño, mientras su voz tiembla con culpa—. Pensé que nadie estaría aquí en domingo. Fui estúpido y egoísta.

—¡Desactívalo!

Clic ... clic ... clic ...

—Sergio fue muy cuidadoso. El sistema tiene protecciones. Si intento desactivarlo directamente, se disparará inmediatamente. Y las cerraduras de las puertas tienen baterías de respaldo.

Sebastián finalmente queda libre de sus ataduras.

—Tenemos que evacuar el edificio y llamar a los bomberos —Sebastián se pone de pie.

—Ya llamé a emergencias, pero tardarán en llegar. Tenemos menos de veinticinco minutos.

En ese momento, Celina irrumpe en la oficina, respirando agitadamente.

—¡Sebastián! ¡Gracias a Dios estás bien! —exclama—. Encontré esto en la oficina de Sergio —muestra el plano con las marcas rojas—. Planea incendiar el centro.

—Lo sabemos —responde Sebastián—. Javier instaló los dispositivos.

Celina mira a Javier con incredulidad.

—Estoy tratando de arreglarlo. Los niños están a salvo, los envié a casa.

—Gracias a Dios —suspira Celina—. ¿Podemos detener los incendios?

—No directamente —responde Javier—. Pero creo que puedo desbloquear las salidas. Si logro acceder al sistema de cerraduras electromagnéticas y desconectarlo de la red principal, las puertas quedarán libres cuando se activen los incendios.

—¿Dónde está el sistema de control? —pregunta Sebastián.

—En el cuarto de mantenimiento, pero necesito tiempo.

—Vamos —dice Sebastián—. No hay tiempo que perder.

Clic . . . clic . . . clic . . .

Los tres se dirigen al cuarto de mantenimiento. Al llegar, Javier se arrodilla frente al maletín negro. La pantalla muestra: 00:19:32.

—Tenemos menos de veinte minutos —abre cuidadosamente la caja—. Necesito concentrarme.

Sebastián y Celina observan en tenso silencio mientras Javier trabaja con los cables y circuitos. Sus manos tiemblan ligeramente, pero su rostro muestra determinación.

—Es más complicado de lo que pensé —murmura después de unos minutos—. Hay protecciones que no conozco.

—¿Puedes hacerlo? —pregunta Celina.

—Puedo separar el sistema de bloqueo del sistema de ignición —responde Javier—. Pero alguien tendrá que quedarse para activar la liberación de las puertas manualmente cuando comiencen los incendios.

—Lo hago yo —dice Sebastián inmediatamente.

—No —dice Javier—. Yo lo hago. Fui yo quien lo instaló. Es mi responsabilidad.

—Javier, no tienes que—

—Por favor, Sr. Marín. He hecho muchas cosas malas. Déjeme hacer algo bueno por una vez. Además, comprendo estas máquinas.

Las sirenas de policía y bomberos comienzan a escucharse a lo lejos.

—Los bomberos están llegando —dice Celina—. Podemos explicarles la situación. Ellos sabrán qué hacer.

Clic . . . clic . . . clic . . . Javier mira el temporizador: 00:10:47.

—No hay tiempo —dice Javier—. Váyanse ahora. Yo me encargo de que las salidas queden desbloqueadas. Tengo todo bajo control. Los bomberos podrán entrar para controlar el fuego.

—Javier, ven con nosotros —insiste Celina—. Encontraremos otra manera.

—Ya no hay otra manera —responde con una tranquilidad sorprendente—. He hecho muchas cosas de las que me arrepiento. Pero por primera vez, estoy haciendo algo que vale la pena. Todo estará bien.

Sebastián pone una mano en el hombro de Javier.

—Gracias por salvar a mis nietos.

Javier asiente.

Clic . . . clic . . . clic . . . Mira el temporizador. 08:00

—Sr. Marín, hay algo más que debe saber. Sergio tiene información sobre su familia. Su madre y sus hermanos están vivos, en Los Ángeles. Dejé la dirección en una libreta en su oficina.

Los ojos de Sebastián se abren con sorpresa.

—¿Mi madre?

—Sí. Sergio la usaba como presión contra usted. Ahora, váyanse. Tengo que terminar. Todo bajo control.

—Vamos, Sebastián —urge Celina, tirando de su brazo—. No hay tiempo.

Con el corazón pesado, Sebastián asiente.

—Váyanse —Javier vuelve a su trabajo—. Y por favor, dígales a los demás chicos del centro que lo siento.

Chapter Thirty-Four

El último acto de redención

domingo, 5:27 p.m.

La bomba marca tres minutos para la detonación. Javier sabe que no tiene tiempo para desactivarla. Las gotas de sudor caen sobre él.

Rojo corta la energía. Azul el temporizador. Verde el detonador. ¿O era al revés?

Sus dedos tiemblan.

Dos minutos.

Javier corta el cable rojo. El temporizador sigue avanzando.

Sebastián aparece en la puerta, Celina detrás de él.

—Ven, Javier. No vale la pena.

—¡SALGAN! —ruge Javier—. ¡AHORA!

Clic . . . clic . . . clic . . . Un minuto.

—¿Puedes desactivarla? —pregunta Sebastián, su voz tensa.

—¡SALGAN!

Sebastián agarra a Celina del brazo.

—¡Vamos!

—Javier, ¡ven con nosotros! —suplica Celina.

Javier no responde. Corta otro cable. Azul.

El temporizador acelera. Treinta segundos.

—¡CORRAN! —Javier grita, desesperado.

Sebastián arrastra a Celina hacia la salida. Los escombros de reparaciones anteriores bloquean parcialmente el pasillo.

—¡Por aquí! —indica Sebastián, guiándola hacia su oficina—. La ventana.

Veinte segundos.

Javier mira la bomba. Solo queda una opción.

Arranca el dispositivo de la pared y lo abraza contra su pecho. Si pudiera contener la explosión con su cuerpo . . .

Diez segundos.

Sebastián empuja a Celina hacia la ventana de su oficina.

—¡Es muy pequeña! —protesta ella.

—¡No hay opción! —responde Sebastián, rompiendo el vidrio con una silla.

Clic . . . clic . . . clic . . . Cinco segundos.

Celina se contorsiona a través de la abertura. La ventana es estrecha. Sus hombros apenas pasan.

Sebastián la empuja desde dentro.

Tres segundos.

—¡Dame la mano! —grita Celina, extendiendo el brazo hacia Sebastián.

Le toma la mano.

Javier cierra los ojos, apretando la bomba contra su pecho, alejándose lo más posible de la oficina de Sebastián. Lo siento.

Un segundo.

Sistema de puertas desactivado.

Clic . . . clic . . . clic . . . Cero.

Sebastián y Celina apenas salen del centro, cuando escuchan una explosión ensordecedora.

El mundo de Celina se vuelve blanco, luego negro. Pequeños estallidos seguidos por el sonido inconfundible de cristales rompiéndose. En cuestión de segundos, las llamas comienzan a ser visibles a través de las ventanas. Cuando abre los ojos, el polvo y el humo llenan el aire. Escombros por todas partes. Las llamas crecen rápidamente.

Los bomberos llegan en ese momento y comienzan a desplegar su equipo. Sebastián se acerca al jefe de bomberos.

—Hay un joven dentro —dice con urgencia—. Estaba tratando de desbloquear las salidas.

—¿Dónde exactamente? —pregunta el bombero.

—En el cuarto de mantenimiento, al fondo del pasillo princi-pal.

—Enviaré un equipo de rescate inmediatamente.

Pero en ese instante, una explosión mayor sacude todo el edificio. Las ventanas estallan y una columna de fuego se eleva desde el centro. Sebastián y Celina miran horrorizados.

—¡Javier! —grita Celina.

Los bomberos retroceden y reorganizan su estrategia. Es evidente que el incendio es mucho más grave de lo que pensaban.

—No podemos entrar ahora —dice el jefe de bomberos—. La estructura es inestable.

Sebastián observa impotente cómo el fuego devora el centro que tanto le costó construir. Pero su pensamiento no está en el edificio, sino en el joven que se sacrificó para salvarlo a él y a tantos otros.

Chapter Thirty-Five

El sacrificio

19 de marzo

Sebastián y Celina observan desde una distancia segura mientras los bomberos combaten el incendio. Las llamas han envuelto casi todo el edificio, y el humo negro se eleva hacia el cielo como una columna sombría.

—Los niños —dice de repente Sebastián—. Tengo que asegurarme de que llegaron a casa.

—Ve —dice Celina—. Yo me quedaré aquí por si hay noticias de Javier.

Sebastián asiente y corre hacia su auto. Mientras conduce, llama a Lucía.

—¿Los niños están contigo? —Sebastián le pregunta cuando ella contesta.

—No, pensé que estaban con Celina. ¿Qué sucede? Suenas agitado. —Lucía pregunta con temor.

—Es una larga historia. Te lo explicaré después. Voy para casa. Si llegas, no los dejes salir en ninguna circunstancia.

Sebastián cuelga, con el corazón latiendo aceleradamente mientras maneja como un loco. *Por favor, que estén bien. Por favor.*

Al llegar a casa, encuentra a sus tres nietos sentados en los escalones de la entrada, cansados pero seguros. El alivio lo inunda.

—¡Abuelo! —exclama Sofía al verlo—. La puerta está con llave.

Sebastián abraza a sus nietos con fuerza, las lágrimas rodando por sus mejillas.

—Están a salvo. Gracias a Dios.

—Perdí mi camión —dice Teófilo tristemente.

—Te compraré otro —Sebastián besa su frente.

Lleva a los niños dentro y llama a Lucía para informarle que están bien. Luego vuelve a llamar a Celina.

—Los niños están en casa.

—Gracias a Dios —responde Celina—. Sebastián, acabo de hablar con los bomberos. Entraron al centro, pero —su voz se quiebra.

—¿Qué pasó?

—Encontraron a Javier en el cuarto de mantenimiento. Logró desactivar el sistema de bloqueo justo antes de que el fuego lo alcanzara. Todas las puertas estaban desbloqueadas cuando llegaron los bomberos, lo que les permitió entrar y controlar parcialmente el incendio.

—¿Está—?

—Lo sacaron, pero sufrió quemaduras graves e inhalación de humo. Lo están trasladando al Hospital Rosales. No saben si sobrevivirá.

—Voy para allá cuando venga Lucía.

—Te espero en el hospital.

～ℓ～

Cuando Sebastián llega al Hospital Nacional Rosales, Celina lo espera en la entrada. Su rostro refleja el peso de las últimas horas.

—¿Cómo está? —pregunta Sebastián.

—Crítico —responde Celina con voz temblorosa—. Los médicos dicen que tiene quemaduras en más del 60% de su cuerpo y sus pulmones están severamente dañados por el humo. Están haciendo todo lo posible—

Sebastián asiente gravemente. —¿Puedo verlo?

—Está en cuidados intensivos. Solo podemos verlo brevemente.

Sebastián sigue a Celina hasta la unidad de cuidados intensivos. Javier yace en una cama, conectado a múltiples máquinas. Su rostro y cuerpo están cubiertos de vendajes, y un respirador artificial lo mantiene con vida. A pesar de los sedantes, su expresión muestra dolor.

—Javier —susurra Sebastián, acercándose a la cama.

Para su sorpresa, los ojos de Javier se abren ligeramente. Intenta hablar, pero el respirador se lo impide.

—No te esfuerces —dice Sebastián, tomando con cuidado su mano menos dañada—. Mis nietos están a salvo, gracias a ti. Y los bomberos pudieron entrar al centro gracias a que desbloqueaste las puertas.

Javier parpadea, una lágrima escapa de su ojo.

—Lo siento . . . —logra articular a pesar del respirador, su voz apenas audible. —Todo . . . mi culpa.

—No, Javier. Yo lo siento —responde Sebastián—. Nunca te escuché. Nunca te di mi tiempo.

Javier intenta decir algo más, pero un monitor comienza a sonar con alarma.

Una enfermera entra rápidamente. —Tienen que salir ahora. Su presión está cayendo.

—Javier, aguanta —Sebastián aprieta suavemente su mano—. Te queremos mucho.

～⌇～

En el pasillo, Sebastián y Celina esperan en silencio. Después de lo que parece una eternidad, un médico se acerca con expresión grave.

—Lo siento. Hicimos todo lo posible, pero las lesiones eran demasiado severas. Su corazón no pudo resistir el estrés de las quemaduras y la inhalación de humo.

Sebastián cierra los ojos, sintiendo el peso de otra pérdida.

—Era un buen muchacho —dice con voz quebrada—. Solo necesitaba que alguien creyera en él.

Celina pone su mano sobre el hombro de Sebastián.

—Murió salvando a otros. Al final, encontró su redención.

Chapter Thirty-Six

La confesión

domingo, 19 de marzo, más tarde

Sebastián maneja en silencio, con las manos tensas sobre el volante y el corazón pesado. A su lado, Celina lo observa con preocupación. Acaban de salir del hospital, dejando atrás el cuerpo sin vida de un buen muchacho que buscaba su redención. El peso de la culpa es insoportable.

De repente, Sebastián detiene el carro en el arcén. Apoya los codos en el volante y esconde el rostro entre las manos. Su voz, cuando finalmente habla, es un susurro quebrado por el dolor.

—Durante años me he escondido detrás de una máscara de autoridad, pero ya no puedo más. El arzobispo Romero siempre decía: *El cristiano no puede ser indiferente ante el sufrimiento de los demás.* Pero yo . . . —hace una pausa para contener el temblor en su voz—. Yo he convertido el centro en un lugar hostil para los muchachos que más necesitaban ayuda. Todo en nombre de Romero. Yo soy responsable por su muerte. Qué ironía.

—Sebastián —Celina lo mira con ternura, pero él levanta la mano para detenerla.

—No sólo me aislé de los demás —continúa—, sino que mi silencio también provocó algo mucho peor. He cargado este secreto por demasiado tiempo. Es hora de contar la verdad.

Un silencio pesado cae entre ellos, roto sólo por el leve sollozo de Sebastián. Celina espera con paciencia, respetando su dolor, hasta que finalmente se atreve a preguntar:

—¿Ud. es responsable por la muerte de monseñor Romero?

Sebastián cierra los ojos con fuerza antes de responder. —Es complicado. Pero sí, Celina. Fue mi culpa.

Respira hondo, buscando fuerzas para seguir. —Un día, Sergio Luna me advirtió que el ejército quería a mi hermana Teresita. Ella tenía sólo trece años. Yo sabía lo que el ejército hacía con las jóvenes. La querían para cosas que no puedo ni nombrar.

Celina lo mira horrorizada. —¿El ejército? —pregunta, incrédula.

—El ejército aquí no es como el de tu país —responde con amargura—. Cuando me negué a entregar a mi hermana, Sergio me ofreció una salida: si le daba información sobre monseñor Romero, dejarían a Teresita en paz.

Las lágrimas se acumulan en los ojos de Sebastián mientras revive el momento que lo persigue desde hace décadas.

—Yo le dije que Romero siempre daba misa en la capilla del Hospital de la Divina Providencia los lunes. Sabía que podía hacer algo terrible, pero el miedo me paralizó. Al día siguiente, fui a la capilla para advertirle a Romero, pero ya era tarde. Llegó un carro rojo, y un hombre bajó con un arma. Todo pasó tan rápido. Un disparo. Romero cayó al suelo. El impacto le atravesó el pecho. Murió poco después. —Un sollozo escapa de su garganta. —Si no hubiera hablado, él seguiría vivo.

—No fue tu culpa —dice Celina suavemente—. ¡Te obligaron! Querías salvar a tu hermana.

—¿Y de qué sirvió? —responde con amargura—. Se la llevaron de todos modos. La encontraron muerta días después. Perdí a mi hermana, a mi familia y al hombre que más admiraba. Mi madre huyó del país con mis hermanos pequeños. Nunca más supe de ellos. Desde entonces, vivo encadenado a esta culpa. Y luego, Casandra —su voz se rompe—. Pensaba que era un accidente, pero Sergio también fue responsable de su muerte. Lo sé.

Rompe a llorar, dejando caer por fin las barreras que había construido durante tantos años. El alivio lo golpea con fuerza. Cuando termina, dice:

—Ya nos vamos a casa. Quiero terminar esta pesadilla con Sergio de una vez.

Celina extiende una pequeña caja fuerte hacia Sebastián. —Abre esto. La encontré en la oficina de Sergio.

Con manos temblorosas, Sebastián la abre. Dentro, encuentran pruebas irrefutables contra Sergio: una lista de jóvenes desaparecidos, fotos de Casandra y su esposo tras su muerte, unos paquetes de sustancias, unas llaves y los diez mil dólares de Javier.

—Esto lo cambia todo —dice Sebastián con renovada determinación—. Tenemos que entregarlo a la policía. ¿Adónde iba a escapar Sergio?

—Iba a tomar un vuelo a Costa Rica esta tarde —responde Celina.

Sebastián asiente, sintiendo que, por primera vez en años, el peso de la verdad comienza a liberarlo.

—No más secretos. No más miedo. Es hora de hacer justicia.

Chapter Thirty-Seven

El aeropuerto

19 de marzo, 6:15 p.m.s

Mientras tanto, Sergio Luna camina tranquilamente por el aeropuerto internacional de El Salvador. Con su disfraz de sacerdote, nadie lo reconoce. Se siente invencible. Sebastián estará muerto o atrapado en el incendio, su centro pronto destruido, y él estará en Costa Rica, lejos de todo, en una sola hora.

Pasa por la puerta de embarque y muestra a la azafata su tarjeta de abordar.

—Buen viaje, padre —mira la tarjeta— padre Roberto.

—Gracias, hija. Que Dios te bendiga.

Se acomoda en su asiento de primera clase y pide un champán. Saca una revista y hojea las páginas, apreciando los productos de lujo. Ya va a vivir otra vida. Javier puede seguir siendo útil como espía dentro del centro.

Sonríe. Por fin ha conseguido su venganza contra Sebastián. Después de que las cosas se calmen, difundirá la verdad sobre el papel de Sebastián en la muerte de Romero. Ha odiado a este miserable por años. Le complace haberlo hecho sufrir.

☙

El aeropuerto bulle de actividad. Sebastián, Celina y Cristián Luna corren entre la multitud El reloj marca las 6:45. El vuelo a Costa Rica sale en quince minutos.

—¡Por aquí! —indica el Capitán Ramírez, guiándolos hacia la puerta de embarque.

La auxiliar de vuelo está cerrando la puerta. —Lo siento, el embarque ha terminado.

El Capitán muestra su placa. —Policía Nacional. Tenemos que entrar.

La mujer duda. —Necesito autorización de mi supervisor.

—No hay tiempo —insiste Ramírez—. Hay un fugitivo a bordo. Abre la puerta.

Sergio está tranquilo. Tiene los ojos cerrados y un champán en la mano. Escucha música clásica con sus audífonos. Está listo para tomar una siesta.

De repente, oye bullicio. Abre los ojos y ve una pesadilla: policías entran al avión con Celina. Todo parece moverse muy despacio. Cierra los ojos otra vez, esperando que sea un sueño.

Celina señala al padre, vestido de negro con una gran cruz en el pecho.

Apuntando con los labios, el Capitán Ramírez pregunta a Celina:
—¿Es el padre?

—Sí, es él. Pero no es un verdadero padre —dice Celina. Levanta la peluca y muestra la cabeza calva de Sergio.

—¿Usted es Sergio Luna? —pregunta el Capitán Ramírez.

—No, yo soy el padre Roberto —contesta Sergio—. Aquí está mi pasaporte.

El Capitán Ramírez toma el pasaporte. Es el pasaporte robado del padre Roberto.

—Sergio Luna, venga con nosotros —dice el Capitán.

—No pueden hacerme nada. Mi hermano es Cristián Luna. Soy de la familia Luna —dice Sergio con arrogancia.

La auxiliar de vuelo mira al Capitán con sorpresa. —¿Su hermano es Cristián Luna?

—Y mi papá es Rogelio Ramírez. No me importa —dice el Capitán Ramírez.

—No tengo tiempo para perder. Tengo asuntos importantes en Costa Rica —dice Sergio—. Si no me dejan en paz, llamaré a mi hermano y ustedes pagarán.

—Tengo una orden para llevarlo a la policía ahora mismo —dice el Capitán.

—No me hagan perder mi vuelo —insiste Sergio. —Lo vas a arrepentir.

El Capitán Ramírez toma a Sergio por el brazo. Lo empuja por el pasillo y fuera del avión. Cristián Luna y Sebastián esperan en la sala.

Sergio ve a su hermano y dice: —¡Qué alivio! Hermano, diles quién soy.

—Es mi hermano, Sergio Luna —dice Cristián.

—Ahora, con su permiso, me voy —Sergio trata de liberarse del Capitán—. Este vuelo es urgente.

—Es mi hermano disfrazado de sacerdote —agrega Cristián. Le quita el bigote falso y los lentes a Sergio.

El Capitán Ramírez pregunta a Celina: —¿Él te secuestró y te ató en su oficina?

—Es él —confirma Celina.

—Venga conmigo —dice el Capitán a Sergio. Le pone las esposas, aunque Sergio lucha—. Vamos a la estación de policía. Necesitamos las declaraciones de todos: Celina, Cristián Luna y Sebastián Marín.

El Capitán Ramírez aprieta las esposas y jala el brazo de Sergio. —Le dije que viniera conmigo. No tengo paciencia.

Cristián le dice a su hermano: —Como dice tu salón de tatuajes: *La serpiente siempre morderá*. Te hemos dicho toda tu vida que algún día pagarás por tus tonterías. Ahora la serpiente te muerde a ti.

—Hermano, puedo explicarlo. Tú no conoces toda la historia de Sebastián —dice Sergio, señalando a Sebastián con los labios—. Es malo. Mató a Romero.

—Yo sé perfectamente todo lo que ha hecho Sebastián —responde Cristián.

—¿Sabías que él facilitó la muerte de Monseñor Romero?

—Y además, conozco el chantaje que le hiciste a Sebastián cuando era niño. ¡Cuando era niño, Sergio! Todos sabíamos lo que hiciste con el anillo. Lo pusiste para culpar a Sebastián. Nunca dijimos nada para no preocupar a mamá.

—Pero —Sergio interrumpe.

—Ya es hora de dejar el pasado y enviarte a la cárcel por tu parte en la muerte de Romero. Allí dejarás de arruinar vidas y de avergonzar a nuestra familia —dice Cristián con firmeza.

—Manito, déjame explicar —suplica Sergio.

—No me digas *manito*. Nuestro país ha sufrido años por ti y tus amigos. Ya no te soportamos, hermano o no. Llévelo a la cárcel —le dice Cristián al Capitán.

—¿Cárcel? ¿Por qué? —pregunta Sergio nervioso—. ¿Qué pruebas tienen?

Sebastián señala la caja fuerte. —Aquí está la prueba: las notas, las fotos, el dinero y otras cosas ilegales.

Sergio abre la boca, sorprendido. —¿Tienen la caja fuerte? ¿Todavía estaba allí? La dejé para Javier. ¿Quién cuidará de mis mascotas?

—Javier está muerto —dice Sebastián.

—Es su culpa —acusa Sergio—. Javier me presionaba para robar el bitcoin.   Sebastián es responsable por la muerte de Romero.

—Ya lo sabemos todo, Sergio. No tienes nada —responde Sebastián.

Sergio mira a todos, desesperado. —Por lo menos, suéltenme. Déjenme ir a Costa Rica para comenzar de nuevo. Ya no los molestaré.

—¿Ir a Costa Rica para hacer los mismos delitos que hizo aquí? No, señor —dice el Capitán Ramírez.

Llega el carro de policía. El Capitán Ramírez hace una señal y sus compañeros llevan a Sergio a la cárcel.

Chapter Thirty-Eight

Otra sorpresa

20 de marzo, 11:00 p.m.

Celina se ducha y se pone el pijama. En su estado de fatiga, se arrastra hasta la cama. Piensa con melancolía en Javier, luchando para encontrar la sobriedad. Buscando a su familia. Queriendo vivir limpio. Javier nunca realizará sus sueños.

Aunque está agotada, la ansiedad no la deja en paz. Antes de apagar la luz, piensa en llamar a Johanna para calmar la mente. Al buscar el teléfono en el bolsillo lateral de su mochila, sus dedos tropiezan con algo duro y rectangular. Lo saca con curiosidad y, para su sorpresa, descubre que es su diario, perdido entre el desorden de su salida. Después de buscarlo por todas partes, nunca se le ocurrió revisar ese bolsillo interior de la mochila que casi no usa. Lo sostiene en las manos, incrédula. Alguien debió haberlo puesto allí. Cuando saca el diario, un sobre resbala silenciosamente y cae al suelo.

Celina recoge el sobre del suelo. Qué extraño. No se acuerda de haber puesto nada en su diario. Lo abre. Son todos los datos para acceder al bitcoin. Ella se queda asombrada. Se habría ahorrado tanta ansiedad si supiera de este sobre. Se ríe levemente. Se lo daría a Sebastián por la mañana.

Las buenas noticias le dan a Celina la energía de escribir en su diario. Escribe sobre todo lo que había pasado en los últimos dos meses. Escribe sobre sus sentimientos de rechazo. Escribe sobre la muñeca rota. Escribe sobre el partido y perder la cruz de su abuelo. Escribe sobre Javier y todo lo que aprendió de sus conversaciones sobre el trauma. Escribe sobre el temor de estar amarrada en la oficina de Sergio. Escribe sobre su conversación con Sergio. Escribe sobre la muerte de Javier.

Escribe sobre toda la conversación con Sebastián: los sentimientos, los cambios, las lecciones, las revelaciones.

De pronto se da cuenta, definitivamente, ella sabe que fue creada para escuchar, procesar y comprender las razones del trauma de otras personas. Ahora ve que la enseñanza del inglés sólo fue un pretexto para conducirla a su verdadera llamada: trabajar con personas vulnerables. Ya comprende qué es lo que quiere hacer con su vida. Bosteza. El sueño la vence. Pone su diario a un lado. Se acuesta.

Aquella noche, en vez de soñar con las pesadillas que lo han atormentado tanto tiempo, Sebastián sueña profundamente con una visión de levantar las manos, de romper las esposas y cadenas que las atan. Mientras duerme, su corazón se llena de bienestar, calidez y esperanza. Tiene sueños de la paz y una nueva vida, ayudando a estos jóvenes con una nueva visión. Mantendrá la cabeza alta con dignidad mientras camina hacia su futuro.

Chapter Thirty-Nine

Un nuevo comienzo

12 de abril

Han pasado tres semanas desde la explosión. Las reparaciones del centro avanzan lentamente. Entre los escombros de la oficina de Sebastián, se encuentra una libreta. La libreta está parcialmente quemada, pero algunas páginas siguen legibles. En una de ellas, Javier había escrito algo sobre la familia de Sebastián. Pero solo hay una pista fragmentada: S. Luna habla de familia de Sebastián Marín en Los Ángeles. Madre y hermanos. Eso es todo. Sin nombres. Sin direcciones. Sin números de teléfono.

Sebastián pasa días intentando encontrar más información en la libreta chamuscada. Nada. ¿Todavía estarán vivos? ¿En Los Ángeles? ¿Después de tanto tiempo? Una noche, mientras Lucía y los niños duermen, Sebastián busca en internet. Marín Los Ángeles. Miles de resultados. Imposible. Intenta con María Marín El Salvador Los Ángeles. Su madre. Aún demasiados resultados.

Contacta asociaciones de salvadoreños en California. Envía correos electrónicos que, en su mayoría, quedan sin respuesta. El padre Roberto sugiere contratar un investigador privado. Es demasiado costoso. Cristián Luna ofrece usar sus contactos empresariales. Sebastián se niega. Ya ha recibido demasiado de los Luna y los gastos del centro lo presionan.

~~~

Una tarde, frustrado, comparte su angustia con Celina. —Están ahí, en alguna parte —dice—. Tan cerca y tan lejos a la vez.
~~~

Celina lo observa con compasión. —¿Tienes algún recuerdo específico? ¿Algún lugar favorito de tu madre? ¿Una comida que preparara?

Sebastián cierra los ojos, recordando. —Las pupusas de loroco. Nadie las hace como ella. Decía que el secreto era . . . — Se detiene, una idea formándose. —El restaurante.

—¿Qué restaurante?

—Antes de desaparecer, mi madre siempre hablaba de abrir un restaurante. *Pupusería María*, lo llamaría.

Celina ya busca en su celular. —*Pupusería María Los Ángeles* —teclea.

Aparecen tres resultados.

Descartan las primeras dos pupuserías porque una había sido fundada hace ochenta años, mucho antes de la supuesta llegada de su madre. La otra pertenecía a una María Hernández, no Marín. El último, un pequeño local en East Los Ángeles, tiene unas fotos borrosas. Una mujer mayor junto a un hombre y una mujer más joven. La descripción dice: *Auténtica comida salvadoreña desde 1985. Fundado por María Marín.*

Sebastián contiene la respiración. —Es ella. Más vieja, pero . . . es mi madre.

Emocionado, busca el número de teléfono. Marca con los dedos temblorosos. Un hombre contesta.

—Pupusería María, buenas tardes.

Sebastián vacila. —Quisiera . . . quisiera hablar con María Marín.

—¿De parte de quién?

Sebastián respira profundo. —De su hijo. Sebastián.

Silencio. Luego, sonidos apagados. Alguien llama a otra persona. Murmullos.

Una voz femenina, temblorosa, toma el teléfono. —¿Sebastián? ¿Mi Sebastián?

Su corazón se detiene un instante. —Sí, mamá. Soy yo.

Sollozos al otro lado de la línea. —Hijo mío . . . tanto tiempo . . .

—¿Por qué, mamá? —la voz de Sebastián quiebra—. ¿Por qué nunca—?

—La vergüenza, hijo —responde ella entre lágrimas—. La culpa por dejarte. Por no ser lo suficientemente fuerte. Preguntaba por ti, indirectamente, a conocidos en San Salvador. Me dijeron que habías hecho una buena vida. Que tenías familia. Que ayudabas a jóvenes. No quise . . . interrumpir eso.

Sebastián llora abiertamente. —Nunca es tarde, mamá.

—Lo sé, hijo. Lo sé ahora.

Una pausa llena de décadas de ausencia. —¿Están todos bien? ¿Mis hermanos?

—Sí, hijo. Todos bien. Esperando conocerte de nuevo.

Sebastián mira a Celina, quien observa emocionada.

—Quiero verte, mamá. Quiero presentarte a tu nuera, a tus nietos.

—Voy, hijo. ¿nos esperas?

Cuando cuelga, Sebastián permanece inmóvil, las lágrimas aún corriendo por sus mejillas.

—¿Estás bien? —pregunta Celina.

Asiente lentamente. —Por primera vez en mucho tiempo.

Chapter Forty

Epílogo: otro picnic

14 de mayo

Un mes después, el avión que trae a la madre de Sebastián, sus hermanos y sus familias llega a El Salvador. Cuando aterriza el avión, es la primera vez en casi cuarenta años que la madre de Sebastián, sus hijos, sus parejas y nietos vuelven a su tierra para conocer aquella familia lejana. Sebastián abraza a su mamá, los dos permanecen así, un tiempo largo, llorando. Su mamá le toma la cara en las manos.

—Nunca soñé que volvería a abrazarte. Tenía miedo de que me ibas a rechazar por abandonarte. O que te habías muerto. ¡Qué alivio, hijo!

—Nunca podría odiarte, mamá. Entiendo por qué te fuiste.

Para celebrar la reunión familiar y la renovación del centro, Sebastián organiza otro picnic. Todos están allí: su familia recién encontrada, los jóvenes del centro, el padre Roberto, Lucía, los niños, y por supuesto, Celina, que pronto regresará a Los Ángeles.

El ambiente es completamente diferente al picnic anterior. Los jóvenes, muchos ya sin los tatuajes que los identificaban con las pandillas, se comportan como una familia unida.

Después de comer, Sebastián se pone de pie para dar un pequeño discurso.

—Hoy celebramos muchos logros. Estamos reconstruyendo el centro, eliminando tatuajes y comenzando nuevos programas. Pero lo más importante es el cambio en nuestros corazones. Todos hemos aprendido sobre el perdón y la importancia de enfrentar nuestro pasado.

Levanta una placa.

—Esta placa irá en la entrada del centro. Desde ahora, nuestro centro se llamará: *Centro de Rehabilitación Óscar Romero y Javier López.* La placa tiene las palabras del arzobispo: *No podemos hacer el bien sin sacrificio.* El padre Romero sacrificó su vida por la justicia. Javier sacrificó la suya para salvarnos. No olvidaremos su ejemplo.

Después, se dirige a Celina.

—Y ahora, despedimos a alguien especial que nos ha enseñado mucho en poco tiempo. Celina, ¿quieres decir unas palabras?

Celina, ya sin yeso en el brazo, sonríe con timidez. Toca la cruz que cuelga de su pecho.

—Señor Marín, señora Marín, el padre Roberto, todos: gracias por esta experiencia increíble. Vine pensando que enseñaría inglés, pero terminé aprendiendo lecciones de vida.

Mira a los jóvenes con cariño.

—Ustedes han tenido el valor de profundizar, de enfrentar sus miedos y traumas para encontrar una vida nueva. Me han inspirado a hacer lo mismo. Regreso a Los Ángeles con un propósito claro: ayudar a personas con traumas. Gracias por mostrarme mi camino.

Sebastián sonríe, sintiendo una paz que no había experimentado en décadas.

—¿Quién está listo para un partido de fútbol? ¿Celina?

Todos se ríen y se dirigen al campo improvisado. Mientras observa a los jóvenes y a Celina jugar, Sebastián siente que las esposas invisibles que lo han mantenido prisionero durante años finalmente se han roto.

Por primera vez en su vida, es verdaderamente libre.